山盟

李明春 著

Shanghai Literature and Art Publishing House
上海文艺出版社

序 言

既向下沉潜，也仰望星空

贺绍俊

　　李明春是一位扎根于基层的作家，他努力向下沉潜，因此他的作品饱含土地的湿度和民间的温度；但他在向下的同时仍然不失仰望星空的眼光，因此作品中具有清醒、明确的价值追求和时代意识。扎根基层的作家并不少见，仰望星空的作家同样也不少见，但能够将二者统一为一体就很难得了，这便是李明春的难得之处。《山盟》是他的新作，这部作品充分体现出他既在向下的方向也在向上的方向同时作出了努力，因而既给读者带来最新鲜的生活体验，也使读者从中获取切中时弊的思想启示。

　　《山盟》写的是农村扶贫的故事。故事来自基层，有李明春最熟悉的场景和最熟悉的人物。他说他的家乡是贫困县，以前就生活在贫困户中间，所以他对政府的扶贫工作有着一份特别的感情。《山盟》写的是当前农村正在开展的精准扶贫工作。上部中，石承是县里的一名干部，被安排去乡下扶贫。与以往的扶贫工作不一样的是，这次精准扶贫给他分配了两名帮扶对象，一名是卧病在床的冬哥，一名是游手好闲的凯子。石承必须让这两名帮扶对象脱贫了才算完成了精准扶贫的任务，尽管石承并不是心甘情愿地到乡下来做扶贫工作的，但他为完成任务仍想了很多办法，甚至把自己的家属都动员起来了。在大家的努力下，冬哥治好了腿疾，凯子也从游手好闲的状态中摆脱出来，成为乡下出名的知客事，让自己的才华可以大大施展一把。故事很生动，也贴合现实，但李明春并不满足于做一个现实生活的记录者，而是要在此基础上做一个现实生活的思考者。这就有赖于他的仰望星空的眼光。于是他把农村的扶贫工作放在革命历史的长河中来考量。他的眼光投注到了村头山坡大岩壁上的石刻，那是当年红军刻下的标语："共产党是给穷人找饭吃的政党！"也就是说，李明春是把扶贫与革命的宗旨紧紧联系在一起，山岩上的石刻是共产党对人民许下的承诺，扶贫是共产党为兑现革命的承诺而孜孜不倦做出的努力，只要人民还没有脱贫，革命就不能说成功！李明春看到了革命的承诺具有海誓山盟的庄重，因此他给小说取名为"山盟"。李明春的历史眼光还体现在他揭示了承诺的分量在一代又一代的传递中被逐渐减弱的事实。石承的爷爷石新当年为革命参加了红军，让他想不明白的是为什么革命成功了家乡的人还受穷。石承的父亲石现尽管也没明白，但他为了实现红军的承诺要想尽办法带着乡亲们致富。到了石承这一代，只是将扶贫当成是一份艰巨的工作任务，还想以各种理由推掉这份工作。那么，到了他的儿子石盟这一代还能不能延续革命的承诺呢？作者特意让他取海誓山盟的盟为名，就是希望年轻一代也能记住红军石刻。小说写到石承最终帮助冬哥和凯子摆脱了贫困的处境，这两位帮扶对象还成为了典型，但是因为帮扶对象的收入没有达标，所以石承还得接受处罚。但石承非常坦然，因为他"觉得贫困户脸上的笑容比奖状更好看"。这一笔很精彩，表达了作者对扶贫工作更深刻的认识，他认识到扶贫不仅是要让贫困户在物质上脱贫，而且更重要的是要让他们在精神上也"脱贫"。小说主要是围绕精神"脱贫"来设置矛盾冲突的。冬哥与凯子都有自己的尊严，他们宁愿承受物质贫乏的痛苦，也不愿意接受社会歧视带来的精神伤害。李明春通过《山盟》表达了自己对扶贫的理解，特别是关于精神"脱贫"的认识是非常值得那些正在进行扶贫工作的领导干部认真学习的。希望我们的扶贫工作能够把物质脱贫与精神脱贫结合起来。

《山盟》的故事很生动,也很鲜活,这完全得益于李明春的向下沉潜。这些完全来自生活的素材,不仅给人们提供了一个精准扶贫的典型事例,而且伴随着这一事例的蔓延,当下乡村社会的种种现象也一一呈现出来。比如乡村的空壳问题,基层的官民矛盾问题,教育不公问题,等等。难得的是,李明春在这篇以歌颂为主调的小说中丝毫不回避这些社会矛盾,而是忠实于生活,将其真实地反映出来。为此上部重点写了范镇长这个人物,范镇长工作似乎干得还不错,最后他领导的镇子还得到县上的通报嘉奖,但他公权私用也很厉害,他的儿子才上小学,就懂得权力的作用,凭借老子是一镇之长,在学校里仗势欺人。而学校明知道事情真相,也不敢惩恶扬善,就以转学的方式来息事宁人。尽管石承是县上派来的干部,尽管石现还是一位县领导都得尊敬的老模范,但他们也只能将这些现象当成是正常现象接受。我以为范镇长是大多数基层官员的真实写照,他们也会完成工作任务,也有一定的办事能力,同时也会利用公权谋点私利,上面抓得紧,他的尾巴就会夹得紧一些,社会风气一宽松,他的毛病又会多犯一些。这样的官员最关键的问题就是他们缺乏共产党的信仰和理想。学校在处理山仔与范龙打架一事上的各种表现也揭示出基层社会的伦理道德常态。实际上，校长和老师们都清楚谁是谁非，但他们也清楚如果公正处理的话，会给他们自己以及学校带来麻烦。而社会的种种矛盾就是在这种不了了之的状态下解决的。可以说，这部小说尽管篇幅有限，却有着非常丰富的社会信息量。从这里也看出了李明春明确的民间立场，因此他从民间获取的原汁原味的生活信息，不会在某种理念和禁忌的筛选下被过滤掉。这些生活信息不仅呈现出社会的复杂性，而且最重要的是，它使得小说关于扶贫的主题落到了实处，既增强了主题的可信度，也让人们理解到扶贫的难度。从这个角度说，这部小说完全是向下沉潜和向上仰望星空有机的融合。

最后还想说说李明春的语言风格。从李明春的语言风格也可以看出他与民间的密切关系，他的语言充满着民间的智慧和民间的谐趣。这一点在他的一部长篇小说新作《半罐局长》中表现得尤为突出。民间智慧体现在他的小说中经常会出现一些警句格言式的文字，往往凝练着民间的人生哲理。而民间谐趣则体现在他的文字跳荡活泼，既有风趣的成分，也有解嘲的味道，无不触动着读者的快乐神经。从李明春的语言风格似乎还能感受到他的一颗坚守文学理念的心。这也是许多生活在基层的作家的共同特点。他们多半不会被文学的聚光灯所照射,但他们热爱文学,坚守文学的信念,就像满山遍野灿烂的小花。因为他们的存在,文学的春天才会那么温暖。李明春就是这样一位具有代表性的作家。

目 录

上部　山　盟　　　　　　　　001

中部　际　遇　　　　　　　　091

下部　火塘山　　　　　　　　173

上部

山盟

题记：有一种承诺叫山盟，有一个起点叫初心。

一　映山红开了

那一年给爷爷办完丧事，父亲就回老家顶替爷爷当村支书，恰似电影里炸碉堡，前面倒下了，后面的上！

宕县城东滨河公园旁，精美健身馆搞活动，彩印海报上碗大两行红字，特大优惠！全年3000元。门口两位教练，露出腱子肉，门神样两边立着。

秋惠去服务台交费，有人已替她交了，还有一张贵宾卡忘在这儿。秋惠拿着卡进入大厅，那边跑步机上一团火焰闪烁。秋惠过去，扬扬卡，然后放入臂上的乳黄色挎包里，今年又让你抢先了。

朗月没停步，喘着气，咋才来呀？

秋惠将手提包放好，挨着朗月一台跑步机，摁动开关，动起来，说，听我那位上课，说家里有健身房，非得花钱出去凑热闹。

朗月说，家家都有厨房，满街的餐厅照样客满。

秋惠道，我也那样赏他的，气死他。喂！你家石承好久没见了，在干嘛呀？

在下乡扶贫，管得严，老头子不准回来。说到此，朗月打个失笑，秋惠，你晓得送花有啥讲究吗？

晓得一些，譬如看病人送康乃馨，看老人送菊花，看情人得送玫瑰，哟，有谁给你送玫瑰了嗦？

朗月笑笑，还有谁，我屋里那位。昨天托人送回一盆杜鹃花，你说他啥意思？

啥意思，打电话问呗！

问就没趣了。我想了半天，说到这，朗月又"扑哧"一声。

秋惠说，一盆杜鹃花有啥好笑的？看把你乐的。

杜鹃花在乡下叫啥？映山红，这不有首歌吗，说着哼起来，夜半三更哟，盼天明……

肯定是乡下蚊子多，睡不着。

朗月看看秋惠，你再听，侬呀盼得哟，红军来……

山盟 003

秋惠一下会意,指指朗月身上红色运动衫,想你哪!

哈哈哈!两人共震共鸣,大厅愣了愣,有把不住的,哑铃咚的一声掉在地上。

教练过来了,熟人,难为两位贵宾娘娘,你俩腮帮子够发达了,不练那儿行不?贵宾娘娘声音压下去,嘴儿翘上来,是你说的不练啦,好!我们走!

教练虚了,你们别走,我走。转身前仍不忘提醒,悠着点,别害人家闪了腰。

教练走了,两人索性关了电源,倚着跑步机嘀咕。

秋惠说,等石承回来后,我要好好羞羞他。

羞啥呀,人家批了我一顿。朗月学老公的口气,你个瓜婆娘,就晓得坐月子吃好的。

那他啥意思?

朗月说,是乡亲们欢迎他,说石老红军的孙子又回来当书记了。

说到后代,秋惠关心起来,你有了没有?

朗月摇摇头。

秋惠说,乡下蚊子多,你晓得吗?寨卡病就是蚊子传播的。千万别感染上了,生孩子要得小头症的。朗月不信,寨卡病远在非洲,隔得远。秋惠提醒她,唉!那蚊子会飞。这不,美国飞去了，韩国飞去了。非洲和我们亚洲挨着的，一飞就过来了。

朗月下意识摸了摸腹部，仿佛里面有了，头真还有点小。儿子石盟十多岁，夫妇俩正商量趁政策放开要个女儿，怕像上辈那样，生了气没个散心处。生育成了头等大事。如同种庄稼，要想苗壮，土壤要肥，种子要好。从打算要女儿起，朗月开始修炼，不吃药，不吃辛辣，不沾生冷，培育"地力"。石承也戒烟戒酒戒游戏，养精蓄锐育良种。两人正做预备操，择期造人，就这关头，石承被安排下乡扶贫，当村上第一书记去了。

朗月抱怨当头儿的"变道"不提示，致使下乡扶贫与造人计划撞车。石承奉旨去找头儿说聊斋：儿子刚上初中要人照料，手上的活儿丢不开……就差没说二胎的事。说一句，头儿点一次头，照单全收。末了，对石承说，回去问你爸吧！他说不去就不去。

不消问，十之八九是父亲要他去。凡事攀扯上父亲，打呵欠都得按规矩来。只要他张口，其他人的嘴巴就成摆设，你要他改口，他要你改姓。父亲石现素来不知位，拿城里的钱干乡下的事，退休的民政局长去当村支部书记。石家还就这脾性，就下不就上，据说是跟爷爷学的。爷爷原名石臼，有点笨重，听起像时旧，当红军后改为石新。把蒋介石赶到台湾，把自己赶回家乡，大官不当，回来当村支书。石承记不清，是爷爷先死，还是父亲先退休？反正那一年给爷爷办完丧事，父亲就回老家顶替爷爷当村支书，恰似电影里炸碉堡，前面的倒下了，后面的上！母亲好像早就晓得有这一天，早早退休在家等着，另花钱给小孙孙请保姆。而今扶贫又把石承弄回去，朗月不高兴了，赌气说，干脆一锅端，你当第一书记，我当村主任，把石家梁村给承包了。

说归说，父亲在老家睐眉瞪眼盯着，石承还得像个宠物犬，乖乖地摇头摆尾回去。好在通了公路，带辆摩托下去，随时都能回城。可自打石承下乡，几个月了，随时都能回来，随时都没回来。朗月担心他老毛病犯了，晚上睡不着，早上睡不醒，懒蛇样盘在床上，忘了二胎这事。从健身馆回来，朗月先到儿子房间看看。双层床，石盟占了上层，已睡香，姿势与他父亲一样，盘成一团。朗月取过桌上书包，像是快餐点送外卖的，里面鸡蛋酸奶火腿肠不少，标签完好无损。朗月皱皱眉头对桂珍说，叫石盟不吃就扔掉，别往家里带。下层的桂珍还未入睡，眼和手机都在放光，抬头回道，说过的，他怕老师晓得了要写检讨。桂珍是老家来店里打工的单身女人，人乖巧，命乖张，两次婚姻，两个男人都殁了。住这儿，两方便，桂珍少了房租，朗月免请保姆。

　　洗了澡，朗月回到自己房间，倚着床靠给石承打电话。不出所料，石承真还没睡。一句话搋过去，还在打游戏？石承"嘘"了一声，悄声道，爸在外面乘凉。我才从凯子家回来，妈正给我弄夜饭。朗月好心痛，问蚊子多不多？石承回道，多呀！正用烟熏呢！朗月又问，有没有非洲来的？石承感到茫然，我咋晓得它们是哪来的？又没带护照。朗月觉得丈夫的话偏了，赶紧往回扳道，不注意嘛，别弄成小头儿子，大头爸爸来。石承觉得这话有点意思，儿子真得了小头症，父亲头肯定会大。不过，半夜三更打电话，就为这个呀？想问问，又觉不用问，摆明催他回去。繁衍这事，女人不好张嘴，还是男人说起来顺口。正待挑明，朗月又问了，你一天在忙啥？真有那么多人吃不上饭，等你去买米下锅？石承嫌她烦，冲口一句，你硬是开饭馆的，开口闭口就是吃。话到这儿加重语气，说，贫困户，你懂不懂？就是兜里缺钱，缸里缺米……没等他说完，朗月抢白道，到底还是缺吃的。石承烦透了她，叫花子变的，三句话离不开吃。啪的一声，手机扔在床上，任由里面呱嗒。

　　石承母亲人称翠婵，从锅里捞出热腾腾的面条，往新鲜泉水里过一过，再浇上肉末臊子，一碗冰镇泉水面成了。石承打小爱吃。看着儿子呼溜溜的爽香吃相，翠婵问道，好吃不？石承舍不得抬头，嘴缝里漏出话来，好吃！翠婶要他比下高低，是妈煮的好吃，还是朗月煮的好吃？石承仍没抬头，回答如面条一样顺溜，妈煮的好吃。翠婶心里甜滋滋的，嘴里却说，变聪明哪！从婆娘那儿学会了说假话。话完正说转身离去，被石承叫住，妈，我要回城一趟。翠婶舍不得，指指外面道，跟你爸说去。石承一口面条差点噎住，这不是去菩萨面前学鬼叫，讨咒（揍）。自个去说，老头一定要问理由。这理由哪找？老头喜欢孙子，就说石盟学校要开家长会。还得给老人说明白，而今没人想去开家长会，家长见了老师比儿子还矮一辈，成了孙子。上次朗月替儿子挨了老师一顿训，一周没直起腰来。这次非得要自个去点头哈腰做礼仪示范。突然想起这不起作用，石承迁就朗月，老人不迁就，准会说谁在家谁去。想说带儿子出去见见世面？可老人把孙子放假日子记得准准的，前几天还催孙子暑假下乡来见世面，说爷爷婆婆想看看长势。更不敢说单位有事，老头一个电话打回去，没一个人敢对老局长说假话。干脆脸厚点说生二胎，问他们想不想要个孙女？转念又觉不对，要孙女是确定的，可老人会叫朗月下乡来播种，孙子也看了，孙女也要了。这话老人早就说过，只因朗月嫌乡下蚊子多，现在更怕非州来的。

  一大碗面条下肚，半点主意没出来。

几下敲门声，母亲叫他出去乘凉。石承好无奈，放着城里空调不享受，偏要来乡下喂蚊子。这乡下的蚊子黏人，城里的蚊香在屋外不起作用，乡下人用半干的艾叶捆成碗口粗的长条，夜里点起熏蚊子，捎带连人一下熏了。

蚊子太多，咬得星星一愣一愣的。暑热难消，夜风略显迟疑，不知凉爽送给谁好？

石承借着烟火，隐约见父亲坐在地坝边上，那里风大，蚊子稍稍少点。待石承坐好，石现递过一把篾扇，随即啪啪声响起，与蚊子的嗡嗡声互不相让。石现问，凯子那儿咋样了？凯子是石承的帮扶对象，四十好几了，一个人吃饱了全家不挨饿。石承啪的一巴掌下去，用手一捻，是个肥大的，用指甲弹去，回道，他没开口说不去，我明天再带去试试。石现用扇子在脸上招了招，说那娃娃啥都不会做，啥都不愿做。你爷爷在时一手扶他没扶起来，我现在是双手都扶不住，松手他就像坨稀泥瘫下去。而今就看你了。啪，石承又是一巴掌，这只瘦，有点骨感，照样一指甲弹去，回道：就看他愿不愿做下去。若不愿，我也没法。人要安心穷，捡钱都嫌腰痛。石现不准他打退堂鼓，拦道，这话你不能说，你是第一书记，下来专门做这事的。村上其他事有黄主任管，你就守着他脱贫。一阵沉默后，石现又问，冬哥那儿咋样？石承回道：他那脚已黑了半截,再不能耽误。县医院治不了,只有等天气凉了,到成都去动手术。钱呢?石现最担心的就是这个。他以前多次找乡上说过冬哥治腿的事,无奈费用太大,一直拖到现在。石承回道,钱不成问题。这次精准扶贫规定,病治好了,病家尽管走人。石现连说太好了,快叫他去呀!石承说他还在犹豫,怕去了截肢,病治好了腿没了。石现默然,半晌,对石承言道,还是要劝他去,总比不治好。

有句没句,父子俩与蚊子争斗了半宿,回城的事倒忘了。一阵风过,石现感到背心发凉,扇子一招,回去睡吧!

夜空里,星星还是那些星星,月亮还是那个月亮。

二 名人凯子

方圆十里，无论哪家有了事，不用招呼，只要饭菜蒸上笼，凯子闻着香味，像个灶神菩萨准时降临。

公路是前几年老爷子带人修的，盘上盘下，把山弄成无数叠，仿佛他头上的皱纹刻在山上。山高路长，足够石承的摩托绕出花样来，终于在凯子梦醒前赶到了。凯子打了个长长的哈欠，表示欢迎，瞅了瞅摩托问，石书记，我们吃啥？石承从后备箱里拎了一袋豆浆，几个馒头给他。凯子嘿嘿一笑，我说的是午饭，石书记连早饭都想到了。石承扬扬手，少废话，吃了我们好走。屋里的家具还齐整，全是土漆实木的老家什，笨重实沉，仿佛从土里刨出来的。有桌子，他也用不着，又不是宴席,得跟人客气。倚着门,一手拎豆浆,一手捏馒头,左右开弓,没等石承屁股坐热,他已就餐完毕。将手上塑料袋一团,随手往坎下一扔,抹抹嘴巴,我们走吧。石承指指自己脸,凯子懂,嘿嘿!忘了。转身回屋,一阵水响,像是几条鱼蹦跶一阵,凯子出来了,满脸水珠下滴,两只手抹抹,操作简单,环保。

早上,一切都新鲜,太阳,空气,鸟声。凯子的心思也是崭新的。趁石承下坡减速,他伏在石承背上求道,石书记,我能不能不去卖矿泉水?石承不敢回头,借山风传话给他,那你想做啥?嘿嘿!我想去当知客事(主持人)。凯子去过城里,见过城里的主持人,管吃管喝管风光。石承呛他,那你回来做啥?就在城里做多好。凯子嘿嘿两声,我就一张白嘴,说正话不行,人家不要。

这些年凯子就这样过来的。方圆十里,无论哪家有了事,不用招呼,只要饭菜蒸上笼,凯子闻着香味,像个灶神菩萨按时降临。干活一怕用力二怕用脑,一人干,得两三个人照看,仿佛与主人家什有仇,稍不留神,不是伤了主人哪件家什,就是主人哪件家什伤了他。到后来,索性只吃不做,自己省心主人放心。也有替他担忧的,说你今天这家一顿,明天那家一顿,毫不替自己今后想想。他嘿嘿两声道,操那些心做啥?有政府呢。辈分长的，听了这没出息的话骂他，你这懒蛇，饿死你活该，没有哪个政府会管你。他还是嘿嘿两声，从不动气，指指山坡上大岩壁，心平气和地说，那上面刻着呢，不信自己去看看。

大岩壁上刻着当年红军留下的标语，共产党是给穷人找饭吃的政党，斗大的红字，阳光下熠熠生辉，经百年来岁月磨砺，历久弥新。凯子时刻牢记着，自己的靠山在这儿。石承的爷爷当村书记时，凯子还是个小娃娃，见他不争气，被父母责罚，在烈日下跪地坝，还多次劝说他父亲，别伤了孩子的自尊，弄得今后没脸没皮的。后来集体散了，山林也分到户，他的那份田地，开始由父母料理，父母死后，先还有看不惯的人帮他种种，日子长了，大家也厌烦了，反正农村天地广阔，由他野花野草样自生自灭，成了村上不换届的铁杆贫困户。曾有人劝他出去做生意，他嫌为富不仁，唯恐富了招人嫉妒。劝他出去打工，他昂起头说别人笨，下苦力何须到城里。而今的日子，就靠村上给他定的低保，每月两百多元，东一顿西一顿，四处凑热闹。

这些，石承都晓得。铆足了劲想把他扶起来。本想找个老板按月发钱给他，可听人说，凯子玩的是人穷骨气硬，从不要人施舍救济，别说扶贫有规定不能给钱了事，就是给钱他还不一定收。

　　石承又想，农民嘛，种养业是本分。首先想到是让凯子当种粮大户，每年卖个几万斤粮食，春季订计划，秋季就脱贫。话才说出来，差点让父母笑岔气，说他自个那一亩三分地都成百草园了，还当啥种粮大户？石承改口，那就种果树。他爸直摇头，说你趁早别这样想，最好你去他那儿看看，房前屋后果树不少，都是父母留下的，他从没管理过，桃子长成李子大，李子长成樱桃大，樱桃长成枸杞大，又苦又涩，他自个都不吃。再过几年，连树都会砍来烧了。石承想想，那就搞养殖业吧。想法才冒出来，招来他妈啧啧咂舌声，他呀，自个三顿饭都没弄明白，还养殖呢？他爸一旁发挥，别光说凯子，石承还不是那色的，这个馆子进那个馆子出。那他能做啥呢？石承憋了三天三夜，终于憋出办法来，在山下窨人谷景区找个地方，让凯子每天去卖矿泉水，不指望他发财，只要他发奋。

　　就这活儿，凯子还千万个不情愿，像是逼良为娼。先是说没本钱，石承一下揽过来，本钱算我的。凯子不干，称他这人最怕欠人情，惦记着睡不好觉。石承要他放宽心，不需还情，亏了不要他赔。这话说灵了，自打凯子摆摊以来，就从未赢利过。每天亏出七八元，虽说漏洞不大，但深不可测。石承坚信，只要安心干，世界经济有希望复苏，凯子就有希望致富。

俩人到景区时，太阳尚未露面，游人在太阳前面出现。大门旁边，石承给他挪开一个空位，帮着安顿好摊子，把票夹夹好的零钱搁进摊子下钱兜里，再与左邻右近摆摊的打声招呼，拜托多多照看。转身又叮嘱凯子，好好学着点。见他点了头，才放心往冬哥家去。

凯子是这方圆几里的名人，十处打锣九处有他。见他来摆摊做生意，都当稀奇事看。碍着县上下来的第一村书记的面子，客客气气应诺，待石承一离开，几个摊位的老少爷们，串通好来撩拨凯子寻开心。一个人说，凯子，石书记是你家啥亲戚？凯子一听提起石承，脸上荡漾出得意，自己也算是城里有人的。竖起大拇指往后一指，我爷爷与他爷爷是红军战友。提到石新，人人敬仰的回乡老红军、老英雄、老书记。可说到他的战友，这就不稀奇了。这一带是老苏区，出去当红军的太多，一个县组建了一个军，在场的若往上数两辈，个个都是红军家属。稀奇的是活下来的，活下来又回老家的就更稀奇。大家想弄明白张家与石家到底啥关系。有人就说，凯子，莫扯远了，我二大爷还是石老书记的班长呢！我问你，石家欠不欠你张家的？凯子笑道，嘿嘿！只有我欠他们的，哪会他们欠我家的哟！

不欠你的，石家一辈二辈都来照看你？

嘿嘿！我们家代代都是穷人嘛。

这话不中听。有人涮他，你家先辈穷嘛，当了红军的该照顾，你这代人再穷，可没当红军哟。

还有人感慨，也是你凯子命好，遇上共产党扶贫，专门安排人来帮你。看样子，你不脱贫，石家屋里的人还走不脱。

凯子嘿嘿，我可没请他来。

说话间，日头牵着游人三三两两来了。鱼池旁，有人买鱼食撒下，一群锦鲤拥来，顿时水花四起。凯子摊子上有了生意，一瓶水三元，给十元，得找补。凯子去钱兜里横摸顺摸不见钱夹，底子翻出来，仍不见踪影，再埋头地下去寻，纸屑不见一片。等他冒着汗水抬起头来，摊上的十元钞不见了，客人已站在另一家摊子前。凯子傻乎乎望着客人背影，惹得邻近的人哈哈大笑。生意没成，反不见了零钱。凯子毛了，本就不情愿，干脆不卖了。黑着脸收好货物，端掉木板，正说扯出背篼来装货，却发现钱夹不知啥时候从钱兜跑到背篼里了。他一脸茫然，环顾四周，想找出个究竟来。周围又是一片嘲笑声。凯子一咬牙，老子不卖了，有了零钱也不卖了，看你几爷子又笑谁去？

三　歌者冬哥

日夜仰慕云朵远去
后来人，自有后来人的风雨

三百里巴山，如巨龙横空，逶迤东去，石家梁似龙爪着地，伸向山谷。冬哥和凯子，一个住山梁这头，一个住山梁那头，"石家梁，两头穷"的话，大约是这样来的。可穷与穷不同，花有百样红，两家还互相看不顺眼。凯子爱面子，不喜欢别人怜悯，只要听别人说他，你娃儿好遭孽，东一顿，西一顿像个叫花子样。他定会说，老子这叫自在，想咋耍就咋耍。还拿冬哥说事，说他那才叫遭孽，想站起打个屁都作难。冬哥呢，则看不惯凯子懒散，一见儿子山仔做事慢了，就说，看你懒眉懒眼的,恰像凯子。

　　山仔刚上初中。每天要跑十多里路到镇上读书,天不亮出门,天黑才回家。学校有住处,可山仔不能寄宿,他得回来照顾父亲。父亲在外打工积蓄了一笔钱,八年前回家盖新房,房子未完工,钱刚用完,就得了腿痛的怪病。当初没当回事,到忍不住痛找乡上医生时,才发觉病情严重了,现在已不能下床。母亲在父亲卧床后不到一年,受不了病人的怨气,带着年幼的妹妹走了。从此,全靠山仔煮饭熬药,打柴背水。

　　冬哥从小多才多艺,出名的打工诗人,农民吉他手。石承离他家老远就听见吉他声响,伴随着嘶哑苍凉的歌声:

我在守望对面的山脊

那里有先辈和我的足迹

晚风送来大山的叹息

月光掩盖了远去的记忆

我是一片风残的枯叶

夏日里与大树各奔东西

遥望山外的浮云

那朵云下有海风托起

……

　　冬哥每天对着窗看,窗外那道山梁堵在眼里梗在心上,春去秋来，枫红雪白，总是萧瑟悲凉涌进，凄婉歌声流出。

石承把摩托停在地坝边上，推门进去，歌声戛然而止。石承僵在门口，见山仔紧挨床沿跪着，单薄的身子时不时微微抽搐。

见石承进来，冬哥勉强笑笑，吉他嗡的一声闷响，怨气尽收。道声请坐，随即朝儿子喊了一声，起来，煮开水去。山仔扶着床沿起来，揉揉膝盖，挪着去了灶屋。

石承的眼光从山仔背影挪到冬哥脸上，许是眼光里责怪的火辣味，冬哥的泪珠一下涌出，他抿紧嘴，没出声，胸脯起伏不止，像有啥要挣脱出来。石承问，山仔没上学？冬哥胸脯起伏更厉害，紧闭的嘴唇咧开一条缝，崩出几个字来，他杀人啦！接着一阵干咳。石承好生惊愕！撇下冬哥，几步窜进灶屋，把在灶前烧水的山仔拉起来，见山仔脸上青一处，红一处，像才从戏台下来样。石承以为是他爹打的，替他擦去眼角泪珠，轻声说，你个憨娃娃，打你吗，跪远点嘛。山仔哽咽说，怕爹掉下床来，我扶他费力。石承劝道，病人气大，打你也是怕你学坏了。山仔含着泪点点头。石承又问你咋杀人了？

听山仔哽咽着说完"杀人"经过，才知打伤山仔的另外有人，石承苦涩如黄连。去年因生源少撤了村小，山仔到镇里上学，算是新同学。镇上有同学欺生，看不起山里的娃娃笨拙，尤其是电脑键盘上的指尖和公众场合的舌尖，迟缓不止一拍。山仔加上穷，发型是父亲坐在床沿上给他理的，薅草一般捋了捋，狗啃了样。每到吃营养餐时，几样小食品，总是小心包好，放进书包带回去。对别人不吃扔掉的食品，像远离的亲人，万般不舍地看了又看，若不是人多瞧着，真要捡起来揣在书包里带回去。班上有个叫清秀的女孩，也是镇上的，见他中午吃白饭咸菜，私下里将自己的营养餐让他吃。不曾想被班上的小霸王范龙看见了，硬说山仔勾引他女朋友，夺下香肠扔了不算，还当众扇了山仔两耳光，骂他癞哈蟆想吃天鹅肉。山仔揉了揉发烧的脸庞，晓得他是范镇长的儿子，怨气和着泪水吞下。可接下来的事，让山仔咽不下去，他们转身骂清秀不要脸，想老公想疯了，还在清秀脸上身上乱摸。清秀只是哭，哭声像刀子往山仔心里扎。山仔告诉了覃老师，覃老师狠狠训了范龙一顿。这下捅了马蜂窝，就在今天早上，范龙叫上一伙人，大都是镇里靠着范镇长发财的商家子弟，把山仔堵在校门外，一顿拳打脚踢。打得山仔两眼火星直溅，一腔怨气终于点燃，照着范龙就是几拳擂去。别看山仔精瘦，但天天干活，挑水劈柴，见天十几里山路磨练，虽是指尖舌尖笨拙，可手脚有力脑子灵活，几拳过去，范龙脸上顿时山河一片红。这小子一横，竟掏出一把小刀，照山仔劈胸刺去，划破了山仔的新校服。这还是石承前不久给他买的，这些年唯一的新衣服，伤它如同伤了心。山仔顾不了许多，上前双手握住范龙持刀的手，扭过来给他一刀捅去。捅到哪儿了？山仔压根没管，就见范龙身子一软倒在地上，随即血流一摊。

范龙被送进了医院，山仔也被覃老师送回了家里。就在石承来之前，覃老师再三叫冬哥照看好山仔，等事稍稍平息再去上学。

学校里以强凌弱的事，石承听儿子石盟说过，只道是学校规矩终归大于丛林规矩，小孩子闹闹，也就拳脚比划比划，没曾想闹到白刀子进红刀子出。石承替山仔捏把汗，万一捅死了人，你咋办？没想山仔平静回道，大不了像太爷爷一样，跑出去当兵。这都啥年代了，山仔还想效仿当红军的太爷爷。石承倒吸了一口冷气，问山仔，不管你当兵也好，坐牢也好，你走了，你爸谁管？

山风呜呜作响，浮云惊悚，片片阴影掠过窗前。

锅里水开了，山仔将学校带回来的火腿肠切成片煮上，撒上盐，端出来放石承面前。山上待客的习俗，午饭前，要弄点小吃给客人垫肚，俗称过午。若是往日，石承会出于礼节吃下去，可今天，石承做做样子的心思也没有，将碗推在一旁，先说去成都治病的事。冬哥高低不愿去，说病腿也是腿，总比没腿强。再说，除了医药费，护理车船生活样样要钱，装假肢还要钱，家里可是钱的气味都闻不到。何况山仔这事没了结，咋敢走？石承劝他，腿还是要去治。医疗费用政府已担了，差一点其他的，我们共同来想法。至于山仔的事，石承顿了顿，见冬哥额头沟壑密布，不由得也拧紧眉头。虽说没宣布开除，可学校的态度明确，所有责任搁在山仔头上。石承安慰冬哥，山仔读书没问题？冬哥摇摇头叹气，石承以为是不打算去读书了，朝相反方向摇头说，要不得，书还是要读的。

　　山仔也以为父亲是怕报复，咬紧牙说，我不怕，偏要去读！他当官的有钱有势狠些？惹毛了我，再来……想说往死里打，见父亲盯着他，话在嘴边转了弯，说再来，让他就是了。其实，冬哥摇头是表示没想到好办法，对方毕竟是镇长的儿子。就算镇长不计较，范龙的妈出了名的恶婆娘，绝不会放过。若叫上几个街道上的小混混，伤着山仔，家里可再容不下一个残疾人。真打起来，以对儿子的了解，山仔也会拼命，伤着对方哪儿都有可能。冬哥晓得儿子倔，不愿回去认错写检讨，想自己去赔礼道歉化解，可又走不动。至于赔药费，想都不敢想。这些年，范镇长给自己办低保报贫困户也算可以了，从今往后，还能得到他照看吗？想到这，又吼了儿子一声，过来！跪下。

山仔顺从地走到床边，在父亲手够得着的地方跪下。石承赶紧起身，一把将孩子扶起，对冬哥生气地说，男儿膝下有黄金，不要轻易让他跪。有啥难处，我们共同想办法。说罢，摸出手机，给学校校长打电话。

　　听说是县上下来的，又是石老书记的孙子，校长很客气地说，伤势虽说不大，可学校安全责任大。伤的又是镇长的儿子，动刀的又不愿认错道歉，学校不拿出个姿态，今后咋管学生？就现在这样，范龙的母亲还不依不饶，刚刚到学校又闹了一通，非要开除山仔学籍。

　　石承出门避开冬哥父子，直接打电话找范镇长。石承虽是县上下派的，可当的是村上第一书记，范镇长是他的顶头上司。范镇长正为儿子挨刀子光火，见石承来说情，鼻孔里哼哼哦哦听完，说，我家范龙也有不对的地方，我也要教育。石承呀！我们扶贫是帮扶他们走正道，但不能纵容。若只讲脱贫，不走正道，那抢劫贩毒都可以致富，行不行呢？学校是教育人的地方，有他们的规矩，别说你，就是我，也不能乱加干涉，你说是不是？几句话塞住石承的嘴巴，差点让他闭过气去。等范镇长挂了电话，石承才回过神来，呸，贼狗日的，跟我打官腔。我要是山仔，捅死你活该。飞起一脚，将一块山石踢下山坡，咕噜咕噜一阵乱响。

手机又响了，是朗月的电话，要他马上回去，说她和儿子已到乡下家里了。石承正烦，说声正忙呢，话完赶紧回到屋内，见冬哥父子还等他回话，把脸上的情绪理正，勉强笑笑，说今天县上开会，范镇长没在镇上，等他回来后，我再去找他，事情总归有办法的。

冬哥见石承笑容像没贴稳要掉的样子，料到范镇长没买账。心恨儿子惹祸，手扬起正说一掌下去，又见儿子满脸委屈，干巴巴的脸上青一块红一块的，若不是自己腿残，儿子哪会受此欺负？手在半空中停住，再重重落在床沿上，唉！长叹一声，把一口恶气硬生生憋回去。

石承安慰他，别急，真说不通，索性进城到石盟学校去读，反正到哪儿读都是免费。话一出口，又觉不妥，山仔走了，冬哥咋办？山仔倔着头说，我哪儿也不去，就要在镇上读。真要是我读不成，范龙也读不成。见儿子仍是不怕事的架势，冬哥又是一声吼，还嘴犟。说着手又扬起。石承伸手挡住，正待开口，手机又响了，是赛人谷打来的，说凯子不见了。石承一下头大了，生怕他云游四方去了不好找，得马上去看看。放下手机对父子俩说，放心，我保证下周山仔去上课。

石承出门跨上摩托，屋内歌声飘出，像是送行。

我的今世

丢失了顺心如意

痛苦和烦恼

让心灵拥挤

日夜仰慕云朵远去

后来人，自有后来人的风雨

……

路旁溪流闻歌跟跄而去。

四　血色根脉

这从古到今，只有共产党才管穷人

从冬哥家出来，石承去了镇上，没找着凯子，又去找范镇长，没联系上，听说他送儿子进城治伤去了。回过头来，再沿山沿岭找凯子，问谁，谁都没看见。相邻的几个村，凡是有宴席的地方都去了，就是不见这老人家尊容。胯下的摩托气得"吐吐"直喘，把一堆沮丧喷向山路。

石承到家时，月亮已将半个光头搁在屋后山梁上，像被人打了一闷棒长出个包来。石盟正挥舞电灭蚊拍在地坝里追杀蚊子。只听啪啪声不断，火花闪烁。面对乡下铺天盖地的蚊群，小小灭蚊拍如挖耳勺打水，有点效果不大。见儿子满头大汗剿杀的萌样，石承心情稍稍回暖，叫声别打了，傻儿子，没用的。

儿子没张他，仍在月光中左右搏杀。朗月从里屋出来问，从哪儿钻出来？灰头土脸，像个烧窑的。

天热，饭菜已在桌上凉着，就等石承回来。见他脸阴着，翠婶问，又咋啦？黑到脸上来了。

石承在儿子和妻子面前得绷起，没啥，凯子不见了，找了半天没见着。

饭桌摆在昨夜父子乘凉处，山风一阵接一阵送来虫鸣和凉爽。远处的柿子树上，高高地挂支电灯，吸引飞蛾扑腾，余光没了灼热，柔柔罩住桌面。对角的艾条散发清香。一家人围着吃饭。朗月拉着儿子的细胳膊，用风油精擦拭上面的红疙瘩，蚊子仿佛是叮在她身上，擦一处少不了心痛地吱一声。

石承心还在外面，冰镇泉水面再不滑溜，在嘴里搅成面糊还没咽下去。他在想凯子咋个整？想到冬哥一家也是揪心，山仔说话时那眼神，左眼恨官员右眼恨富人，若是范家不松手，真让山仔辍学，不知山仔小小年纪会干出什么来。听说他太爷爷当年就是为争一口气，杀了老板，火烧了大宅子……

想到此，石承咽下嘴里的面条，眼盯着飞蛾，问父亲，当年山仔的太爷爷真杀了老板？

山盟 027

石现吸了一口咂酒,那还会假!就为老板调戏山仔他太婆婆,他太婆婆上吊了,他太爷爷和石盟的太爷爷一起杀了老板,一把火烧了老板大院子。说到老一辈闹革命的事儿,石现历来崇敬,深情地说,听你爷爷亲口说过,他们那批当红军的人中,大多是石匠,有的是力气,岩上的标语就是他们凿刻的。你爷爷是个血性汉子,邀约村里年轻人参加红军时说,凭啥他们吃好的,我们饿肚子,凭啥他们穿好的,我们光身子,凭啥他们娶几个婆娘,我们一个都养不起?有人回道,是命,菩萨向着他们。你爷爷呸了一口,屁的个命!只要你雄起跟他干,就会有吃有穿,娶婆娘过好日子。那些当官的,有钱的一个二个都不会有好下场。菩萨若是要向着他们,我们连菩萨一起拆了……

　　石承耳边响起山仔的话,他当官的有钱有势狠些?再来欺负人……口气一样,心气一样。想到这背脊一阵凉,摇摇头呢喃道,这些话今天可是说不得。再不敢往下想,岔开父亲话,问,凯子这样的人,游手好闲,不帮扶他行不行?

　　石现摇摇头说,这话,十多年前我跟你爷爷说过,你爷爷苦笑着说我,你娃是没遇见过,人要活命,逼急了啥事都干得出来。集体生产的时候,这个村有一个么娃,跟凯子一样姓张。村上念他是孤儿,没计较他干活不行,每年照样给他按平均标准分粮。可这娃娃嫌口粮不够吃,明拿暗偷,还火爆气大,听不得村上人说他。若有人告发指责了他,定会千方百计报复,要么毁掉人家的自留地,要么烧人家耕牛过冬的草料……上报后,抓去劳教了两年,回来后变本加厉祸害揭发过他的人。后来,一家小孩受不了砸了他一石头。这家人晓得他要报复,老父亲和几个儿子商量好,非灭了他不可。果真,待张幺娃深夜来自留地毁庄稼时,一顿乱棒将他打死,事后全村人具名联保,当父亲的去劳改了几年。

石现讲完这个故事,说现在的凯子与他相比好多了,浑吃不浑来。若是大家都不管他,就怕逼急了,张凯子会成为张幺娃。

不待石承回话,朗月插嘴了,呃!我就搞不懂,过去说不劳动者不得食,这个理儿还要不要?因病因灾因残你穷了,该扶持!你好好的,又没人剥削,又没人压迫,你穷了还要人帮扶?怕还是要不得吧!见没人回话,对石承说,明天我们回去,给冬哥筹钱医病。凯子的事,我们就不管了。

"呼!"的一声,石现将碗重重一搁,起身回屋去。石承见父亲脸色不正,瞪了朗月一眼,赶紧起身跟去。

月光下,父子俩身影连成一体,慢慢没入屋影中。

朗月回首问翠婶,妈,我说错啥了?翠婶没抬头,继续给孙子夹菜，漫不经心说，你爸就那怪脾性，听不得瞧不起穷人的话，职业病。

石承与父亲脚跟脚进了屋，待父亲坐稳，说，爸，你也是，朗月好容易带孙子来看你，你看你，一句话不对，就把人晾在外面了。

石现指着外面，大声武气说，她那是啥话？分明是瞧不起穷人。别忘了，往上数三代，我们都是穷人。

石承轻声应道，是又咋的？都成了你儿媳妇，你还查她几代不成。

石现放低声调说，你也别嫌凯子懒，他爷爷与你爷爷一道参加红军的，在西征时失踪，家里连个烈士证都没领着。他爸爸和我一年当兵，还比我早一年入党。那年服役期满，我因你爷爷的关系留下来，他回了石家梁村。两家差距越来越大。到了你这一代，你进了机关，他跟一个漆匠学手艺。你爷爷的棺材就是他漆的，人家漆三遍，他漆了五遍，再三给钱，他不收。要说凯子手艺也不错。可现在时兴油漆，便宜又好看，土漆走下坡路，漆匠没人请，连漆树都快被砍光了。你现在想生二胎，他连婆娘都没有。不穷不懒，往哪儿去？

石承顺着他应道，那是，那是。朗月也不是说不管，只是说从古到今都有穷人，保不定今后还有，凡是穷人都管，你管得过来吗？

石现紧盯着儿子，说，亏你还是党员。这从古到今，只有共产党才管穷人，没有穷人就没有共产党。你没看那大山上刻的标语，红军是穷人的队伍，共产党是为穷人找饭吃的政党。

石承说，爸，那是打江山的话，而今是坐江山了。

石现盯着儿子说，坐江山咋的？石头上刻的不算数了？若是你爷爷活着，听你说这话，会一棒打死你。做人要讲诚信，朗月开餐厅还想回头客呢。凿刻在石头上的话都不算数，谁还跟你打交道？要不然，你爷爷回来做啥？我回来做啥？

石承心想，我就还搞不懂，爷爷回来做啥？你回来做啥？若是舍不得这穷山沟，当初为啥出去？接着嘟哝道，谁晓得你们咋想的？好好的城里待不住，非要下乡喂蚊子。

石现没生儿子的气，年轻时我也是这样埋怨你爷爷的，那是不晓得老人家的苦衷。闹红军时，石家梁村出去十五个人，活下来的就你爷爷一个人。解放初期他回来探亲，见一起当红军的十多家人，杀的杀，逃的逃，饿死的饿死，冻死的冻死，剩下五六家人，也是挣扎活命。冬哥的爹和他太婆婆还是在岩洞里找到的。听说你爷爷回来了，老老少少十多口人全找上门来，个个衣服破得露出肉，都问你爷爷要人。你爷爷去镇上买了大米酒肉回来，想让大家吃顿饱饭。可在桌上，除了孩子,大人都不动筷子,眼巴巴望着你爷爷,说吃了这一顿下一顿又到哪儿去找?听说你爷爷要带着全家人走,大家都要跟着去。你爷爷呀,自打回家就没睡过一晚安稳觉。眼睛一合上,就梦见死去的战友来找他。出去这十多个人中,多半是他动员走的。说好了打倒地主老财后过好日子,现在地主老财倒了,可人没了,好日子也没来。面对破衣烂衫的孤儿寡母,他感觉自己骗了人,欠了天大的债,悔恨战场上死的为啥不是他?那时你婆婆和太婆婆还在,我正好18岁,巴不得跟他出去找个工作。行李捆好又解开,最终还是你爷爷一人走了。气得我再没有与你爷爷说句话,直到当兵离开家时,都没与他道别。那年你爷爷回到部队后,弄了些军服回来,给乡亲们把身子遮住。就为这,还挨了处分。你爷爷在部队日夜不安,没等回乡报告批下来,就心急火燎往家赶。

那你呢?你又为啥回来?石承的嘟哝中少不了埋怨。

面对父子间的代沟,石现不知咋整才能一步跨过,一时无语。自打18岁当兵离家,就再没回来长住过。到民政局后,虽年年回老家,也是说来就来,说走就走,心如止水,波纹不生。父亲死后,子欲孝而亲不在,突然发觉心中少了啥?再看看家乡,山水草木陌生了,乡里乡亲陌生了,人走光,草掩路,田地荒芜……伴随对父亲的怀念,童年乡情夜夜入梦。得知无人接任父亲村支书一职,在父亲坟前,想也没想就应承下来。面对儿子的诘问,好一会才说道,老家还穷啊!

石承分辩道,穷怨谁呀?当初闹革命,是说了消灭剥削,铲除压迫,可这都做到了呀!还穷,怨不得谁呀!

石现长长叹了一口气,你爷爷临死都没想通这件事。是啊,没了剥削,没了压迫,咋还是受穷呢?怨只怨地方生穷了。

你这几年倒是费了不少劲,整这整那没停歇过,电也通了,路也通了,水也通了,恁好的条件,那凯子咋还穷呢?石承忍不住咕出声来。

石现一阵嗫嚅,我也没法,电给他安到家,他交不起电费。路修到家门口,他买不起车。水流到他缸里,他又不在家煮饭。唉!啥药方都用尽……

你都没法,又叫我来做啥?石承不解。

说话间,月亮过了山梁,一片云掩过去,夜色裹住话语,愈发闷热难受。

翠婶进来,代朗月传信给石现,孙孙明天要走,想他爸爸一路回去。

石现诧异,这才回来多久,地皮还未踩热就要走?

翠婶说,蚊子咬怕了,孙孙两个手杆红得像胡萝卜。

山盟 033

石承气道，谁叫他逞能，蚊子朝王的时候去招惹，大人躲还来不及。

翠婶催老头表态，你说话呀。

石现说，要不她娘俩先回去，石承一时半会还离不开。还说，别忘了把太爷爷留下的东西带回去。

问在哪？

回道，石盟已从木仓里拖出来了。

石家有个大木仓，是早些年间大财主家祖上传下来的，厚实，仓板足足一寸，能装一万多斤。土改时没收后装公粮，集体生产时归保管室用，后来生产队散伙，都嫌大了，价高无人要。石新当作宝贝，倒贴钱把它买下来。自此，每年新粮上市，他大量收购，装得满满的，待来年开春，倾仓卖出。都道他是做生意赚钱。后来，大量外国粮食涌进，行情陡转，亏多赚少，他仍乐此不疲，人们不知他图啥？直到临终才道出实情，他是饿怕了，每年要囤粮食防荒年。仓里无粮，他心里发慌。

父亲殁后，石现整理遗物，将一仓粮食亏本卖净，才发现仓底有夹层。从夹层里拖出一个小铁皮子弹箱，里面一堆奖章勋章，有个油纸包里放着三块弹片两颗弹头，是老人身上取出来的，还有缺角的八角帽，穿眼的水壶。

老人生前从不说奖章弹头的事，铁箱子一直在仓里放着，不知石盟咋给翻出来了，还拿着奖章，缠着要爷爷讲故事。

在石承看来，一箱子物件中，就那三枚勋章精致，是国家1955年发的三级红星荣誉勋章。二级独立自由勋章，二级解放勋章。其余的做工粗糙，质地差，铁的多，有两件还是弹壳敲的，都开始生锈了。石承对父亲说，上次县上筹办苏维埃纪念馆，四处征集文物。我看除了国家发的三枚外，其他都送过去，比放在家里作用大。

石现点点头说，那你就带回去，暂时搁在家里，等我回城写个说明，一起捐出去。

这夜，谁也没睡着，噼噼叭叭的扇子声，一直响到亮。

五　转学

　　山仔……仿佛一路跌撞飞奔而来的溪流，依了沟谷的引导，和缓地前行。

　　未等到学校的通知，山仔雄赳赳气昂昂进了教室。环顾四周，范龙没来，可能还赖在医院里。清秀没来，是怕了？还是生病了？山仔鼓起双眼在范龙的三个"小兄弟"脸上猛扫。三人那天已被山仔的气势和拳头吓坏了，见他喷火的眼光扫来，赶紧躲闪。未等上课铃响，一个挨一个溜回了家。

　　山仔又被送回来，校长几乎是央求冬哥把山仔管住，等双方说好，气消了再去。不然，只有劝山仔退学，别为了他一个人，影响了四个人上学。

冬哥先是软了口，说不去就不去吧。可山仔不干，倔着头偏要去。冬哥想起该问个明白，一问，倒把自个的气问出来了。按山仔说的，他今天一没打人二没骂人，老实得像截木头，那几个打帮锤的自个心虚不敢来上学，怨谁呀？冬哥气不过，他们不上学就是事，我家孩子不上学就不是事吗？冬哥一肚子话要说，可惜学校的人走了。转眼见山仔还站在床前，一挥手，去！凭啥不去上学？砍头还得给个罪名呢！明天照样去上学，不准进教室就站在外面听。

天灰蒙蒙才开亮口，山仔就赶到学校，校门刚裂开一条缝，他就往里挤。保安把他拦住，说校长专门打了招呼，不准放他进去。山仔牢记父亲的话，在学校门口闷起不走，保安又不好赶他，只好干陪着。陆续有家长送孩子上学，齐刷刷围过来问山仔啥事？山仔就一句话，我要读书。众人好奇怪，学校的保安咋不准学生读书呢？是被开除了吗？保安说不是？那又为啥？保安说不清楚。原先的保安为这事被辞退后他才来，可他后来听人说了这事。即使没人说，范龙这学生他也清楚。清楚他也不能说。能到这个学校当保安，全靠范镇长一句话，不能忘恩。可要昧着良心说山仔的不是，保安也说不出口。

凯子不知几时从山上赶下来，撸起衣袖往前拱，直吼，捶那个狗日的保安，嫌贫爱富不是好东西。保安只得打电话报告校长，要他快想办法，为山仔打抱不平的人越来越多，只要山仔开口喊冤，他这个保安挨揍没商量。

山仔的班主任覃老师来了。覃是去年才来的女大学生，那天用刀捅人时她就在现场，就像今天这样，上班刚好遇见。只因她个子小力气小胆子更小，不然，谁也不会流血。今天见山仔被拦在门外，保安说是校长安排的。覃老师安慰了山仔几句，急忙进去找校长说情。

校长正冒火，一件学生纠纷，竟闹得满城风雨，弄得他上下受气。教育局长刚刚来电话训斥一通，说有家长上访到他那里，告学校出现黑老大，光天化日杀人竟无人过问。至今不道歉不处分不赔偿，弄得学生人人自危，已有好几位学生不敢上课，闹到他哪儿去了。局长命令校长尽快处理好，对害群之马不能手软。

校长正开会落实，恰好班主任来了。

来了就得受气。校长像个喷火器，把从局长那儿来的怒火，一下喷到覃老师身上。两颗泪珠在覃老师脸上逗留。一颗为自己感到委屈，一颗为山仔感到委屈。当听说要劝退山仔时，两颗泪珠唰的一下齐齐掉下地，那可是毁人一生的事。覃老师试了试，终于红着脸站起来，声音很弱，但很清晰，说别处分他，我去动员他转学。

覃老师从办公室出来，把山仔叫到值班室，悄声劝他转学到邻近五马乡中学。山仔倔起脖子说，不！我就要在这儿读！窗外凯子随即掀起一片声援声。覃老师看怨气冲得门窗直晃，有些话不好多说也不好明说，随手拿过值班登记本，想想不妥，遂将山仔的手拉过来，用笔在上面写了几个字，然后把转学证明和一大袋食品递给他，说这是同学们给你的营养餐。

山仔低着头看了看手上的字，接过老师递来的营养餐，恭恭敬敬向覃老师鞠个躬，转身含着泪离开。

山脚两河口，山仔停下来，用一捧溪水洗去脸上泪痕，紧紧腰带，仿佛一路跌撞飞奔而来的溪流，依了沟谷的引导，和缓地前行。

石承听说山仔被学校赶出门的事，赶往冬哥家里。正是午饭时间，父子俩傻对着，学校的营养餐还在桌上没解开，灶屋冷清清的。石承问清真有此事，气往外冒，别说贫困户的孩子失学他有责任，任何孩子都不能往外赶。石承催山仔快弄饭吃，下午他亲自送山仔上学。冬哥喜出望外，吼儿子，你还不快去弄饭，吃了跟石叔叔一路去学校。山仔没动步，倔着说，我不去镇中，我要转学。说完拿出转学证明递给石承。石承看是五马乡中，思量走一下也好。可五马乡更远，去来要多走几里路。山仔不是倔吗？一直非上原学校不可，咋改了？冬哥说，我还问他呢，先前非去镇中不可，一下又坚决不去了，问他理由死活不开口。石承抚摸着山仔的头，给叔叔说说，为啥不到镇中去了？山仔昂起的头低下来，说我不想见那几个恶霸。石承提醒他，每天要多走好几里路。山仔回答坚决，我愿意。

石承用摩托送山仔去五马乡中，一路叮嘱山仔要记住路，今后一个人别走岔了。山仔难得笑了，说去五马乡不能走公路，绕多了，要走小路，今后回来也不定是一个人。

公路盘旋而下，与溪水时分时合，阳光与山影交替笼罩，渐渐凉爽远去，热浪扑来。

到五马乡中时，学校正上课，四处空荡荡的，唯独校门口有个女生，甩着马尾辫在烈日下东张西望。摩托还在喘气，山仔尚未下车，那女孩迎上来。脸蛋红扑扑的，不知是晒的还是害羞，伸手来接书包。山仔没给，反问道，你咋晓得我要来？回道，艾老师说的。看山仔仍有疑惑，女孩又说，是镇中覃老师来电话说的。覃老师和艾老师是大学同学。山仔向清河镇的方向望了望，眼角湿了。那女孩催他，快进去，艾老师把座位都给你安排好了。山仔走了几步又停下来，对跟上来的石承介绍，石叔叔，这是清秀，也是从镇中被逼出来的。石承见小女孩清秀俊俏，猜到是给山仔让营养餐的女孩，点点头，说你们去上课，我去办手续。

教研室只有校长，石承说明来意，问在哪儿办手续？校长感到突然，咋会有舍近求远来读书的？客气地说，我打个电话问问。清河镇中的校长担心五马乡中拒绝，只说是学生间有点小别扭，这孩子个性倔，坚决不在本校读了，只好放人。先前也有叫清秀的女生，也是不嫌远转到你校了。五马乡校长略觉不对，来一个正常，又来一个就不正常了。想想不放心，打电话给县教育局，借问学籍管理的事，顺便把疑虑说了。五马乡中校长与县上叽叽咕咕说了一阵，放下手机，态度变了，给石承上起法规课来。说按义务教育法规定，学生就近入学，当地的学校不得拒绝入校。山仔是清河镇人，五马乡中学没这义务，何况是局长明令要惩治的害群之马。

石承记不住义务教育法咋规定的，从校长嘴儿说出来，想必是真的。只得一味说好话求情。对方高低不松口。正僵持着，清秀引艾老师来了。艾老师把从覃老师那儿听到的给校长说了一番。并说学生她也看了，挺老实的，若校长同意，就放在她班上。校长为难，就怕上了当，接个包袱背起。石承听他说是县上教育局的意思，用手机拨通了一个熟悉的副局长的电话，把事儿说了，末了半开玩笑半认真说，当局长的，这孩子可是我的扶贫对象，保证他不失学写上了责任书的，到时候，县上追责起来,你也脱不了干系。那位副局长叫把电话给五马乡中校长,当听说是局长要处理这个学生,副局长口气也软了,做了个临时安排,说先把学生收下,暂不办手续,待他问了局长后再说。

山仔暂时留下来了,石承一个人回石家梁村。路上,石承又从高处往下看了看,只见小路和公路交叉前行。公路盘山绕来绕去,要远多了。山仔没车,势必走小路,途中两道山沟,公路有桥,小路要趟水,夏天怕山洪,冬天水寒冷。石承想了想,还是觉得不如清河镇中好,忍不住又给姓范的镇长打了电话。

一直拨不通的电话,这次一拨就通了。

范镇长矢口否认有开除的事,先前说不干涉学校管理,就是怕给学校造成压力,伤了孩子。他咋可能跟一个孩子过不去。不仅是孩子,就是对大人的照看,也一如既往。还说自己也是石老书记培养出来的,这点度量还是有。明天安排学校去把人接回来。石承听来顺耳,可旁边一个女人的声音烦人,一直在七个三八个四地吵闹,扬言不能轻饶山仔一家子。石承的眉头舒展了又皱拢来,冲了一句,范镇长,这孩子真辍了学,我背书时,绝不会忘了捎带上你。正说着,手机里已无应声,姓范的不知几时溜了。

范镇长放下电话，对旁边仍在吵闹的婆娘一嗓子吼过去，你闹个毬！你晓得我在与谁说话吗？县上下来的扶贫干部，石老书记的孙子。那婆娘终于平静下来，仍不停嘟哝，总不能就这样算了，被他白捅一刀，以后咋抬头见人？范镇长凑过来对婆娘说，你想咋的？刀是你儿子的，三四个人打人家一个，还好意思出去闹。这次幸好伤的是范龙，若是伤着山仔这个贫困户，流出来的就不仅是血，恐怕还有你的眼泪水，到时候，你想哭都哭不出声来。见婆娘瓜兮兮地看着他，估计是没听懂，再说明白点，外面风声你晓得不？省部级抓了一大串，我一个镇长算毬啥？苍蝇一只。若是一个镇长的儿子拿刀捅了贫困户的儿子，别说你不是一个老虎，就是一个大老虎，也当只苍蝇一巴掌拍死。晓得吗！

终于看见婆娘脸上横肉动了动。

六　凯子喊冤

凯子喊冤有绝招，指着石承说，……我们去当着红军标语发个誓，一年四季谁吃得好？谁吃得饱？谁个好吃，烂谁的牙腔。

凯子回来了，有人遇见他在路旁倾吐酒话，弄得蛤蟆石半个月后都熏人。石承不顾大雨后路滑，骑摩托赶过去，正好把他堵在家里。两人脚尖对脚尖，鼻尖对鼻尖，木桩似的对峙。石承双眼鼓圆，凯子两眼泛白。门窗被鼻息吹得啪啪作响。

过了约摸一万年，两人的世纪终于度过冰河期，僵硬的身子开始发软。石承先瘫在椅子上，凯子也跌落床沿，鼻息由粗变细，由急变缓。

你这回在城里耍舒服了？石承好不容易从气愤中筛选出一句话来。朗月前几天打电话告诉他，凯子又进城来纠缠桂珍，硬拽她出去吃饭喝酒。据桂珍说，在火锅摊吃了一大把串串香，喝了好几两泡酒。石承不信，凯子哪来的钱？朗月说没钱，他咋进的城？石承一下醒悟，肯定是把卖矿泉水的本钱用了。可那点钱也用不了这么多天呀？朗月告诉他，先是凯子请了桂珍一顿，此后天天来店里找桂珍，到吃饭时不走，逼得桂珍给他买盒饭。听说凯子在缠桂珍，石承暗想这多合适！索性撮合在一起多好。对朗月道，你多个心思成全一下，我这扶贫任务不就完成了。朗月皱着鼻子回道，只有你才晓得？我早就问过桂珍。人家不答应，提起凯子就撇嘴巴，说凯子是臭狗屎糊风旗——闻（文）不得舞（武）不得。石承想说再劝劝，转念又觉不对，都啥年代了？心犹不甘说，那就算了，快点给我送回来。

晓得石承在乡下着急，朗月拿钱，让桂珍给凯子买了回乡的车票，另外给了一百元，像当年遣送盲流人员一样，亲自送上公交车，直到车开走了才放心。凯子酒醉，估计是那一百元大钞惹的祸。石承心中的气往上涌，若是自己的亲兄弟，真想一巴掌甩过去。方才见面的冷眼，就是要告诉凯子，好吃懒做没人管你。

提到一个管字，凯子心中无名火起。自打石承到来，恰似他死去的父亲转世，无数个规矩如同无数道栏杆围过来，圈养的味道让他浑身不自在。在凯子看来，人哭着闹着从娘肚里出来，不就是想舒舒展展过日子。谁没个小性子，小时叫淘气，大了叫倔犟，老了叫固执。凯子顿时想起他已过了四十岁，处于倔犟未过固执将至的年纪，自己晓得吃饭，不再要人捏着鼻子往下灌。对石承精细的安排，毛孔都是怒。几时起床，几时做事，每天都在重复昨天的故事，担心时间长了，会变成蒙着眼拉磨的牛，只会原地转圈。人们都说这是为他好，不然会吃了上顿没下顿。凯子暗骂这些人，尽他妈的鬼话，吃好吃孬，吃多吃少，早吃晚吃，这是老子的权利。若是只图顿顿有着落，坐牢房最好。想到此，凯子小声告饶，石书记，你能不能不管我，大家都省事。

啥？石承不相信这话出自凯子的口，气话冲口而出，你认为有人想管你？是你这样好吃懒做的人，饿死都活该！话说完，石承后悔了，不该对贫困户发气。现在的贫困户都有骨气，真冒犯了谁，他不要你帮扶，你那扶贫任务还完不成。心想找句软话道个歉，别弄崩了。

石承的软话没出口，先前的硬话已伤着了凯子。凯子历来认为，天下没有不好吃的人，人从娘肚子带来的本性就是好吃，而最好吃的莫过于城里的有钱人。看看城里酒楼餐厅的餐桌上，哪样不是精心烹制，堆山似海，看着都让人流口水。今儿个新鲜，城里人反倒说起乡下人好吃来了。凯子喊冤有绝招，指着石承说，你说我好吃？这样子，就你和我两个，都是红军的后人，走，我们去当着红军标语发个誓，一年四季谁吃得好？谁吃得饱？谁个好吃，烂谁的牙腔。

  石承没料到凯子还有这番叫花子理论。城里人无论咋大吃大喝，那是用自己的钱，谁像你这样，成天靠低保过日子，还嫌吃得不好。刚刚软下去的心又硬起来，偏着头说，城里人吃好的，那是自个挣的钱，你一天游手好闲，谁该供你吃？

  这话，凯子听来更刺耳，"好吃"的帽子没摘掉，"好闲"的帽子又来了。谁没见过城里有钱人闲得无聊的样子，溜狗的，钓鱼的，跳街舞的……吃喝嫖赌哪样不是城里有钱人带头干的？咋攀扯上乡下人了。还说自己挣的钱，屁！拿钱不上班，上班不干事，尽挣些冤枉钱，还不是政府当的冤大头。比起我这点低保，你们污的钱不知大出多少倍。心里想，嘴里就出来了，仍是赌咒发愿的老路子，石书记，别说我游手好闲，你朝着红军标语说句实话，城里面比我还闲的人有没有？是多？还是少？还有句话到了嘴边没说出口，你石承也就是在我面前充勤快，桂珍说你婆娘照样骂你懒蛇。凭啥你懒就可以，我懒就不可以。

　　凯子几句硬邦邦的话，顶撞得石承心痛。他站起来，指着门外吼道，你行！你真行！天天出去蹭饭，还理由大如天，有本事，你出去了别再回来。

　　凯子立即起身往外走，边走边说，出去就出去，吓不倒哪个！

　　见凯子出门，石承忙起身去拦，忘了乡下老房子有门槛，脚下一绊，竟甩出门外。凯子听背后扑通一声，回头愣了愣，眼见石承翻身站起来揉膝盖，量无大碍，兀自走了。没几步，忽然想到，不对呀！这是我的家，他凭啥不要我再回来！转身对着屋内高声宣示主权，记住啊！别忘了给我关门。

　　听着凯子远去的脚步声，石承心里一阵酸楚。而今的乡下，在家的人少，有了红白喜事，凑热闹的人难找。以致一些有钱人家，竟安排专人到大路上揽人，不收礼，能来宴席上坐坐，白喝两盅走都是人情，图个面子上好看。面对这新兴的习俗，石承不知该庆贺，还是该悲哀。明晓得凯子中午定有着落，会有大鱼大肉的口福，还是心酸，那毕竟是吃白食，不是男子汉做的事啊！

　　揉了好一会，脚不痛了，心还在痛。索性坐在阶沿上发呆。晓得凯子心里有气，只为把他从桂珍身边赶回来，还逼他做这做那。可这都是为他好哇！若是有人对我好，就是打我骂我全……"认"字尚未想周全，电话响了，是清秀打来的，告诉他山仔没去上学。石承的心一下揪紧，以为冬哥出事了，屁股坐上烟头样弹起来，骑上摩托要走，想想又下来，回到门前，轻轻将两扇门拉过来，从窗台上取过铁锁锁上，钥匙塞进门缝里，再转身离去。

七　落水风波

　　山仔时而清醒，时而迷糊。清醒时不说话，迷糊时说的话又不算数。虽说不算数，但听来也让人心惊胆战。

　　少时到了，见冬哥在家，脸色正常，刚想松下一口气，而另一头又压上心来，山仔哪儿去了？他可从不逃学。

　　见石承神色异常，冬哥问他啥事急的。石承用话支开，只为忙着来说一声，成都的医院联系好了，有了床位就通知我们。还跟桂珍说好，到时由她去护理。另外，还是想动员山仔回清河镇上读书，毕竟要近许多。范镇长和儿子也来道过歉了，两个小娃娃的事，说过就过了。冬哥谢过，说那孩子倔，他不愿回去，谁也没办法。石承不敢久待，推说镇上有事，骑上摩托又赶往五马乡中。

昨晚下了一夜的雨。过桥时，溪水浑浊湍急，水已封了公路涵洞。在学校未见着山仔，石承更是揪心，清秀说她识路，两人撂下摩托，沿小路折回，一路高喊"山仔，山仔"。离学校最近的溪沟这边，看到了山仔的书包，砸在河沿上。清秀说，书包是沟那边扔过来的，怕的是过河跌倒打湿了。人呢？清秀哇的一声哭出来。

石承马上给范镇长，给父亲，给学校分别打了电话，再领着清秀沿溪沟往下游找。清秀一路哭喊山仔，空谷回声，更添几分惶恐。

一阵山风啸叫刮过，石承打了个冷噤，山仔命里还有一命，真有个好歹，冬哥咋活？脚步更急更沉。两人跌跌撞撞下行了数里，阳光不忍心面对偏过头去，山沟里更是一片阴凉。石承眼前朦胧一片，总有山仔的影子在河沿，在岩石，在树枝上晃动，他不停地问清秀，那是不是？清秀带着哭腔不停应道，不是！不是！

突然，清秀惊叫起来，那是他！石叔叔，那是他！

远处溪流转弯处，一棵上游冲下来的树干，被两块巨石夹住，树干上扑着个人，裸着上身，一双赤脚掉在水里，缠满树叶杂草。两人疯了似的跑去。石承顾不得脱鞋，径直蹚水过去。此时水已消退了许多,仍漫及他的腰部,偏偏倒倒挪拢,叫了几声山仔,不见声响,用手探了探,尚有鼻息。一把抱在怀里,艰难地挪回岸边。将山仔脸朝下,腹部伏在自己膝盖上,略微使力,山仔哇的一声,浑浊的泥水喷了一地。石承脱下身上的衣服给他裹住,叫清秀拾了柴禾,一摸身上没了打火机。清秀说书包里有。石承记起山仔天天带着打火机,早晚用它点火把。可雨天无干柴,清秀咋也点不着。石承拖过书包,用里面的书本引火,终于慢慢燃了起来。

过了一段时间,黄主任带着村民从上游赶来。五马乡中的师生也赶到,连清河镇上的范镇长也带了一队人大呼小叫跑来,凯子像从地下冒出来,把山仔扯在背上就往医院跑。

山仔发高烧,脱了衣服可做熨斗,转送到城里医院,仍是火烤火燎不退烧,看架势,会把五脏六腑烧焦烤熟。这热气从病房漫出,弄得过道里一溜人也个个心焦。两个学校的校长,范镇长,还有许多不认识的记者,看热闹的不停地打听,不停地叹息。凯子跟去照料,气冲冲过去气冲冲过来,不住嘴骂恶霸贪官逼死人。热气弥漫,全城都热了。网上议论发烫,贫困户子女落水遇救。落水过程可以几句话明了,可落水的原因无法明了。山仔时而清醒,时而迷糊。清醒时不说话,迷糊时说的话又不算数。虽说不算数,但听来也让人心惊胆战。山仔要杀人，"范龙"两个字像两粒炒胡豆，被山仔咬得嘣嘣响。依着这怨恨指引，一下把范镇长攀扯出来。网上有了鲜红标题，贫困户子女被镇长所迫转学自杀，映得视频绯红。

又是一个高温日子，通街的空调累得汗水直滴。

县上来了调查组，由教育局、扶贫局联合组成。县上调查组自然先找山仔，山仔瞪着双眼睛一句话不吐，是恨？是怕？任凭猜测。凯子听说上面来人了，四处打听住哪？吓得范镇长安排人去办招呼，只要他闭嘴，给他双倍的护理费。特地提醒他，你一个大男人不跛不瞎吃低保，那可是村上的照看，别由着性子给弄脱了。凯子犟起脖子哼一声，他敢！只要黄主任的舅子在领，就别想少我一分钱。

询问镇中校长，校长说从未有过开除的念头，连劝退的话都还没说出口，转学是学生自个联系，自己情愿的。解释有点苍白，十岁大点的娃娃每天多走五六里的山路，能是自愿吗？

扶贫责任人石承提供了证据，证实山仔转学是自愿的。他和山仔的父亲都曾反对过，可没阻挡住。石承不愿把人得罪完，得留条路让山仔回镇上读书。问到山仔的落水原因是不慎还是自杀，石承说不晓得，只能问他本人。本人不愿说，只有问他父亲冬哥。

冬哥的回答令人背心冒汗，说这次若不是自杀下次肯定是。啥意思？冬哥再没说。

　　调查组带着疑问走了。范镇长坐卧不安，几次找到石承，千万求他出面澄清不是自杀？石承明白对他说，自己也不晓得是不是自杀，证明了也不算数，只有山仔本人和他父亲说话才算数。镇政府几个头头赶紧碰面，就冬哥治腿的事做出决定，在医疗费外再解决一万。石承赶紧表态，余下不够的，由他回县上想法，再不够的话，他找人募捐。

　　范镇长带着钱去了冬哥家，想从冬哥那里换个放心。冬哥思考再三，说，是上学过河不慎掉水里了，这该可以吧？范镇长进一步恳求，能否把上学二字换成抓药，镇上干部再募捐三千。石承代冬哥答应了。这下范镇长放了心，可冬哥不放心。知子莫过父，冬哥担心山仔出院后会莽撞。听清秀说，山仔发誓长大了要学他太爷爷那样，杀心狠的有钱人，杀范镇长那些当官的。这话冬哥不敢说出来，搁在心里又害怕，这可是用钱治不好的！

　　一周后，山仔出院了，在哪儿上学？山仔回答刀砍斧劈，回镇中。他不回去也不行，五马乡中经这次变故，再不敢留人。原本就没完善手续，拒绝就一句话。清河镇中再不敢犹豫，像菩萨样迎回去。还依覃老师建议，动员清秀一起回去。

可冬哥心里七上八下，以他对儿子的了解，此次回去，对山仔，对学校乃至范家未必是件好事，可又说不出口。

不久，暑假到了，事儿随学生一起消散。

八 访贫

阮大姐擦了擦眼泪,拉开自己的挂包,将里面的钱全部掏出来,掉在地上的零钞也轻轻地捡起来,搁在山仔手上。

转眼枫树叶红,石承拣一个晴好日子,请假回城为冬哥筹款。离开乡下时身心还在阳光中,当他在城里奔走一圈后,回到家已是夜里,心情跟着灰暗。灯光下,石盟边做作业边给父亲说,班上新来了位同学,胖乎乎的像个罗汉,托关系进城读书的,爸爸妈妈还在乡下。石承晓得是范龙。山仔回到镇中学,范家怕惹麻烦,将范龙这个小霸王转学到县城。没想到与石盟一个班。石承告诉儿子,不要与范龙搅到一起,若是他欺负人,让一让他。石盟口气很大,我咋会跟他乡下人一般见识。还说今天下午，范龙被人打了，是瑞莲地产老总的儿子出的手，揪着耳朵告诉范龙，这儿没有贫困户。

石承没心思搭理儿子，正为冬哥差钱犯愁。乡上那点钱远远不够，真想赌气不要，可不要差得更多。原想在单位找局长想办法，局长两句话就打发了，说局里没这笔钱。石承说在招待费中挤一点，局长浅浅一笑，若是往年，招待费是个筐，解决十万八万，往筐里一扔就成了。而今的规定谁都晓得，光盘行动，正经来个客人，还得精打细算，标准高了都不行，哪还敢去掺假？磨了半天嘴皮子，局长答应由工会出面，组织募捐。说是自愿，实则还是有个底限，每人两百元。找工会贾主席商量，他说局长都开口了，我照办就是。可单位上帮扶对象多，局长的，副局长的，各位股长的，这个月都捐了好几次，再捐，掏钱的人和掏出来的钱都不会多。那咋办？贾主席眨眨眼睛，双手一摊说，爱莫能助。你若不相信，我下午挨个股室去宣布局长的指示，你呢去挨个收钱。多少我可不敢保证。下午从石承的股室开始，忙了半天，还不到两千。大都说没带钱，有的干脆说这个月手头紧，要等松动了再说。

有人提醒石承，这事儿还得把贾主席挽紧，他肚子里花花肠子多，别说出个主意，或许生个儿子出来都行。周末晚上，石承自己掏腰包，去"御膳坊"请了一桌客，股长们都去了。

几杯酒下去，贾主席说搞个工会活动，就到清河镇石家梁村访贫问苦，让大家亲眼见一见乡下穷困户状况，把募捐的钱送下去。有几个股长马上放下杯子，直嚷工作忙，抽不出时间。贾主席自有办法，说有人去人，没人出个名字，全部按出差对待，补贴算作募捐款。话完，大家把杯子一碰，干！石承心里默算了一下，就算把局里的人算足，也就一万来块钱，可还不敢嫌少。堆着笑脸陪大家喝够。

正愁着，朗月回来了，把挎包往沙发上一撂，冲石承讥讽道，人家养只狗顾自家，我养只狗顾别家。石承知她气从哪来，风轻云淡说，几百元生意，你看那么重？朗月不满，这不是几百元的事，是你在外面请客，就是明明白白告诉大家，连你都看不上自家餐厅。你若是这样扶贫，贫困户没脱贫，倒先把我弄贫困了。石承本想在朗月身上找点钱，没想到尚未开口，先把这财神得罪了。只得嘿嘿笑笑，作长远打算。

夜深沉，窗外偶尔一抹光亮倏忽而来，倏忽而去，像把刷子，一下又一下，让黑夜的惆怅愈发深重。

石承翻过去，翻过来，终究没翻到朗月身上去。朗月没勉强，据说男人心神不定造出来的人，容易得小儿多动症。从未见男人这般焦虑过，就是自家餐厅十天半月不开张，他也会一觉睡到大天亮。谁把他魂勾去了？虽说这家里全靠朗月挣钱撑起，可对自己这个老公，朗月顾惜得紧。这人如他的名字，待人实诚，把这信誉看得比命还重。这样重情重义的男人，眼下可是稀缺。朗月嫁到石家后才发现，这石家的人，啥都好，就缺点灵性。怪只怪老爷子没把名字取好，总是落后形势。太爷爷当红军，首长给取名叫石新，斧头砸碎旧世界，镰刀开辟新乾坤，这名改得好。有了儿子，取名石现，这就急了点，远大理想，巴不得两代人就实现。后来走了弯路，才知任重道远。轮到孙子，取名石承，讲传承，要不停奋斗。待重孙出生，世风日下，生怕后人忘本，取名石盟，希望他像山上的红军石刻，海誓山盟，风吹雨打不变心。每每想到这儿，朗月就摇头，都市场经济了，钞票当家，能不变心吗？见眼前石承还在翻煎饼，劝慰他说，你焦虑啥？不就两个贫困户嘛，大不了按标准算钱给他，也就万把块钱的事。这个月生意顺，正好赚了点钱，索性拿去付清了，你也好回来。

听说有钱，石承先是一喜，后听说只有一万块，还不够冬哥安假肢用。叹气说，一万块钱太少了。轮到朗月吃惊，一万块嫌少，你要多少？石承说，再有个三到五万最好。

朗月吃了一大惊。猜他是给冬哥治病，可这是公家的扶贫任务，私人承担不了那么多。欠起身说，你真想给他包了？他是你爹还是你妈？石承不爱听，背过身去。你不理我，我还不想理你呢,朗月也背过身去。石承仍心烦,一会儿又翻过身来。朗月以为他气恼醒了,也懒懒地翻过身来,想听他说几句求情话。殊不知,待她才翻过来,石承又背过身去,让她无趣地也背过身来。如此几个反复,朗月鬼火冒,待石承再翻过来,自己也一急翻身,一手按住他的手臂说,你今晚想把床翻垮呀!一个单位上的扶贫任务,看把你愁成这样,犯得着吗?石承的手臂被按住无法动,睁开眼说,向镇上要钱的时候,我答应差的钱我来筹集,冬哥还望着的,我不能说话不算数。朗月手上加了点劲,不许石承动弹,不以为然地说,啥不得了,不就是扣年终绩效工资嘛。不要那几个钱该可以吧!一听朗月开口闭口就是钱,石承心生厌恶,忘了自己正是为了钱犯愁。拨开压在臂上的手,硬背过身去说,我答应了人家冬哥的。朗月鄙夷道,答应了就变不得?你就一个死脑筋。石承背着身,不想搭理又心不甘,自个嘀咕,说我死脑筋,人无诚信还叫人吗?你开餐厅还讲个明码实价,还望回头客呢。

两人念叨着入梦,出梦已是太阳当道,两人都成了"回头客"。石承陪贾主席一行回石家梁村访贫,朗月照旧到餐厅经营生意。

车在途中,石承接到朗月电话,说凯子被人打了。问谁打的?答是"御膳坊"保安打的。石承一听,估计凯子烧香走错了庙门,把城里的宴席当作乡下的坝坝宴,认为是免费的午餐,压根不知这是高价饭,城里人都不敢轻易凑热闹。忙问人在哪儿?伤得咋样?听说被桂珍接到餐厅了,身子没伤着,只是伤了脸面伤了心。石承放下心来,告诉朗月找车马上送凯子回来,告诉他城里来人到村上慰问贫困户,有慰问金慰问品,在石书记家里等他吃午饭。朗月问过凯子,回话说凯子不在乎,责怪石承当真把他看作是混饭吃的了,还问能不能高看他一眼。好无奈,石承只好让朗月安排桂珍把人哄好,就在餐厅做点杂活,千万别让跑了。朗月说,桂珍不愿搭理他,嫌他懒眉懒眼的。石承听起不舒服,说你还嫌我懒呢!朗月又吞吞吐吐告诉他,说有个搞收藏的,愿出高价买爷爷的东西。石承正为凯子的事光火,一听卖爷爷的宝贝,像蛤蟆被人踩了一脚,一口大气喷出,你卖菜卖饭有瘾呀,卖起祖宗来了?一块弹片都不准动。没等他话完,那边气更大,手机里炮声隆隆,石承只得撤退。关上手机,石承又想起凯子的事,连连摇头叹气,这丢人丢到县城去了,扶贫对象到城里蹭饭,怕是全国扶贫第一段子。连说丢人呀!丢人。一旁的贾主席问谁丢人?才把石承从懊恼中唤回,自嘲说,还有谁,我呗。

　　才入山区,秋意渐浓,落叶随风飘零,一行白鹭飞过,留下几声啼鸣。

到冬哥家时，早已过午饭时间。为看守门户和方便医生，冬哥的床就放在客厅里，紧挨着的饭桌上，搁着一碟泡萝卜和半碗粥。几条长凳是旧的，弯头扭拐，一看就知是自做的粗活。

　　一行人挨着坐满。冬哥见客人到了，直呼山仔端水出来，半天不见回应，有些着急。石承说声我去看看，转身去了灶屋。贾主席内急，他晓得乡下的厕所挨着灶屋，跟着进去。只见山仔站在矮凳上，吃力地提起一把大水壶，凳子在晃，脚在晃，水壶刚刚离开灶面，也开始晃，惊险若同耍杂技。两人吓出冷汗来，快步奔上去，石承一把扶住人，贾主席双手稳住水壶，慢慢地放下。

　　石承拎着壶，山仔抱着一摞碗跟着。一进客厅，石承就直埋怨冬哥，你叫孩子烧水做啥？要不是我和老贾去得快，这孩子怕就栽进开水锅里了。冬哥笑得凄凉，说平常都是他在烧水。石承拎起水壶怨冬哥道，这一大壶水，他拎得动吗？冬哥明白了，心疼地对儿子说，你个憨娃娃，不晓得少灌点水。山仔晓得自己闯了祸，小声说，我看客多，怕少了不够。计财股阮大姐看山仔赤着脚，肩比桌子稍高点，估计拈菜还得踮脚跟。再看那大水壶，心疼地把山仔拉到怀里，摸着山仔头对冬哥说，多大点孩子，你也放心？真烫着了咋得了。冬哥没说话，苦笑着。石承替他说了，离了他就没人了。见众人怔住，又说，他妈带着他妹妹走了。山仔的头一下垂在阮大姐怀里。

贾主席忙完自己的事出来了，见面直说好险啦。见一个个默默无语，阮大姐正低头擦泪，一下怔了，诧异地看着大家。石承把客人介绍给冬哥。贾主席让人把九千元钱拿出来，说这是局机关职工的心意。冬哥推辞，贾主席把钱按在他怀里，说，晓得不够，我们再想办法。

阮大姐擦了擦眼泪，拉开自己的挂包，将里面的钱全部掏出来，掉在地上的零钞也轻轻地捡起来，搁在山仔手上，都拿着，给爸爸治病。来的人纷纷掏包，把钱默默地搁在冬哥枕头边上。贾主席尖起手指从上衣里夹出一叠钱，轻轻放在一堆钱上。冬哥伸出手来擦泪，连声说，这，这咋要得！贾主席握住他的手，刚一使力，突然嘴儿咧开直吸冷气，赶紧松开直甩。摊开一看，两只手已被先前水壶烫得发红。

午饭在石家老宅吃，都是城里人，难得一见山货野味，鲜活得吞下肚子都要蹦跳几下。可大家没了胃口，主人再三劝酒，一瓶还剩下多半。饭后，石承说来都来了，下午顺道去窦人谷看看。阮大姐说家里有事，还是早点回去好，众人一起附和。翠婶给贾主席两只手抹上香油，说这是山上的土药方，要不了几天就会好。贾主席摊开双油手，表示哪儿也不想去。大家默默上车。临走时,开车的刘师傅悄悄到灶屋对翠婶说,借200元加油。被石现听见了,笑他出门不带油钱。刘师傅说全捐给冬哥了,那家人真苦!

望着汽车远去,石现心里一阵酸楚,叫石承来问,冬哥还差多少?

九　凯子的姿态

他在寻找一个优雅的姿态,划过天际,悠然飘落在城市的地标上。

凯子一直闹着要走,朗月安排他餐厅打杂,做了没两天,凯子浑身虱子不自在,早晚吵着算账。这天凯子被叫去见朗月,旁边还有另一个女人,媒婆样上下打量着凯子。凯子巴想不得她是媒婆来提亲,耐着性子等她俩开口。眼见朗月抽出两张大钞,却搁在桌上不推给他,反而说上另一件事,凯子,这是秋惠老板,她那儿有个送水的活儿,你去试试,月薪两千。有了钱你想吃啥就买啥,咋样?又说这活儿自由,想送就送,没人逼着,不干随时可以走人。凯子心动了,瞟瞟桂珍。桂珍说，你去试试看。送到了收块牌子回来，又不讲价，又不说好话，更不会看脸色受气，恰合你的脾性。还劝凯子不要嫌弃，人家是看在石书记面上才答应你。听这一说，凯子点点头，说那就试试看。石承专门给秋惠打电话，做多做少都由他，千万别把他气走了。秋惠笑笑，暗想这不成了二大爷。

按理说，天底下没有比送水更简单的活儿，秋惠想对初上岗的凯子交待几句，又觉得说啥都是多余的。安排了一个干了几年的老李，心想带他去一趟就足够了。凯子跟在后面，一排小高层，到了一家门前，老李放下肩上的水桶，敲开门，把水拎进去，从房主手中接过一张绿色的牌子，那方说声谢谢，这方说声拜拜，对方关门，两人转身往回走。就这么简单，话都没句多的，凯子甚至有点嫌这活儿像做体操，智力含量是不是太低了点。

第二次再也不用老李带，凯子扛上水桶，到了客户门前，放下水桶，敲门，来人了，隔着门问，谁呀？凯子回答，送水的。对方在猫眼里窥视，问，咋不见水桶呢？凯子弯下腰，双手使劲将水桶扛上肩，看见了吗？吱的一声门开了，对方嘴儿嘟哝，新来的？凯子学老李，把水桶放进门内，伸手去要水牌。房主一脸不满，你得给我扛进去呀！凯子只得进门，猫下腰使劲，第二次将水桶上肩，迈脚就往里走。房主急了，嗨!嗨！套上鞋套呀。随手递过两团蓝色塑料薄膜袋。凯子想起来了，城里的人是有这规矩。只得放下水桶，接过袋子将鞋套上。弯下腰第三次将水桶上肩。往里走了几步，问房主，搁哪儿？房主指了指饮水机。凯子走过去，低头将水桶放下，正说傍壁搁端正，房主又叫唤了，嗨！你给我换上呀！凯子这才看见饮水机上的水桶空了，只得取下空桶，又弯下腰，水桶第四次上肩，再装上。房主递过水牌，嘴里还没忘记帮助凯子几句，你咋这样笨呢？一次办好的事，非得放下扛上来几次，你练功呀？

凯子回来与秋惠说起，一肚子不高兴，认定这家房主挖苦乡下人。老李都是拎进门算数，这家人非得要给装上。秋惠记起石承的托付，担心把他给气跑了，细心给他解释，送水就得负责给人装上。先前老李没装上，肯定是房主的水桶里还有那么一点，得先搁着，用完了自个装上。

听这一说，凯子释怀了，真的还是自己笨，下次得记牢了。

歇了不一会儿，来了一单要送7楼。凯子再不认为这活路太简单，边走边在温习送水的步骤：第一步敲门，不必放下水桶，防止房主看不见水桶不相信；第二步记住换鞋套，若房主不讲究也可不换；第三步，切记要看清饮水机上的水桶空了没有，若是空了，一定换上，再把空桶和水牌带回来。

不停地默念着，到了房主门前，按想好的程序敲门，"呼，呼，呼"，没人应，再敲，还是没人应。突然想起，临走时老板专门叮嘱，这家房主是个太婆，爱关门睡觉，若是没人开门，就打电话。凯子只得放下水桶，掏出秋惠配的手机，按字条上的号码拨过去。对方接了，听声音真还是个太婆。凯子怕她耳背，大声说，我是送水的，快来开门！电话里，太婆略带几分歉意说，我在1楼，马上来给你开门，等着啊。凯子一听，愣了愣，1楼？秋惠老板说话有点含混，估计是自己听错了，把1楼听成了7楼。赶紧把水桶往肩上一扛，噔噔噔地往楼下赶。到了3楼，见一太婆拉着楼梯扶手，一步一喘上楼，两人错身时，太婆主动问，送水的，你往哪儿去？凯子见太婆主动打招呼，停住脚步问，是不是你家要水？回答，是呀！凯子奇了，你不是说在1楼吗？太婆喘口气说，你这人才笨哟，我人在1楼，家在7楼嘛！

凯子一下软了，放下水桶，靠着扶手出了几口怨气，站在那里等太婆上楼，直到听见开门的声音了才气呼呼地往上走。

回到店里找老板诉说一番，感觉自己太笨了，吃不了这碗饭，要算账走人。听完凯子的诉说，秋惠还不敢笑，只能顺着说，你也是有点笨，1和7听不清，你就问是顶楼嘛底楼？人在哪里？家在哪里？这只能怨你自己没分清，真还怨不得别人。别说气话，下次注意就是了。

接着送第三次。直到中午饭也不见凯子回来。找凯子，电话关机，只得打电话问房主。房主接着电话就开骂，你们找不到人送水了不是？找个流氓来骚扰……待房主冷静后，秋惠才弄清，凯子盯着穿睡衣的女房东不转眼，竟当着男房东的面动手去拉女房东的手。秋惠再给凯子打电话，仍是关机。才放下手机，朗月打来了，说凯子在她那儿，死活不干了，只好等石承回来再说。说到要流氓的事，朗月说凯子正喊冤枉，那女房东穿个吊带裙来开门，一直盯着凯子当贼防。凯子安好水桶后，女房东转身回房间，凯子拉住她要水牌，被男房东看见，骂他要流氓，差点动起手来。

石承有意隔了几天才回城，想让凯子在餐厅多干几天杂活试试，若行，就干下去，若不行，再想其他法子。餐厅打烊后，石承慢吞吞去见他。凯子正凭空主持婚礼，不知哪学来的腔调，洋不洋土不土的，一拜天地，他喊成拜天公地婆，挨到扯不脱；二拜高堂，他喊拜爹拜娘，百年不分床；夫妻对拜，他喊夫妻磕头，子孙封侯。逗得桂珍和几个员工笑得喘不过气来。

见石承进来，凯子如同刑满释放，马上就要走人。餐厅大厨当门拦住,说老板把人交给我的,你要走得老板同意才行。凯子叫屈,老板说好了等石承回来见了面,任我走哪都行。说了不算数嗦?石承把他拉到一个雅间里,叫桂珍倒两杯茶水来,慢慢问他,你不是想吃好喝好吗?这里都能满足,你还不满意?凯子气呼呼地说,这里再好的饮食,吃起都不舒服。见桂珍进来,指着她说,不信你问她,顿顿吃客人剩下的。我在乡下虽说吃得差一些,可到哪儿都是客人,别人端给我吃。在这儿,就是一个丘儿(长工),看人家脸色,吃受气饭,我不干。未等石承开口,桂珍劝道,这城里搞餐饮的,都是这个规矩。说来是客人的剩菜,可都是人家没动筷子的。老板都与我们一起吃,你摆个啥架子?凯子不干,说这口气你咽得下,我咽不下,我要回去。说着话起身要走。石承拉他坐下,说这黑天墨地你往哪走?即使要走,也得明天。

　　石承心里揣着几分不满,既来打工就得守打工的规矩,总不会为你一个人立个新规矩。每顿大鱼大肉供着,像个菩萨样,还嫌不够?转念又想,牛不喝水硬扳角也不行,防止他给你玩失踪,弄得你四处找人作难。拿人看着也不行,没捆绑扶贫的道理。自个先站起来,拍拍凯子肩臂说,安心睡觉,明天把工资结了再走。

　　第二天早饭,按石承的安排,桂珍引凯子去小吃店,由凯子点了一笼包子,两个盐蛋,两碗稀饭。桂珍代石承付账,叮嘱他快点吃了回来,老板等着的。小吃店离餐厅没几步路,桂珍边走边回头看,见他捋了捋衣袖,夹了个包子塞进嘴里,抓过盐蛋磕破,慢条斯理剥起来。

凯子回餐厅时,吧台小妹打着抿笑看他。见他傻乎乎盯着,小妹指指里面雅间,竖起食指"嘘"了一声。凯子以为有客人在里面说事,放低声音问小妹,老板在哪?小妹悄声说,老板和桂珍在里面。凯子一听,掉头便往里闯。小妹一把扯住他,声音再压了压,正给你说媒呢!谁?除了桂珍还有谁!凯子咧开嘴儿笑了,轻手轻脚找个位子坐了下来。可没等屁股坐热,又站起来,朝雅间指了指。小妹情知他想去偷听,撇撇嘴儿掉过头去没理他。凯子做贼样溜进另一间雅间,门慢慢合上。餐厅雅间是由一个大厅间开的,为着方便,中间为活动门隔断,能挡住视线,挡不住声音。凯子进去,隔壁的声音一句不漏传过来。

只听桂珍说道,我跟冬哥也不跟他!凯子心里一紧,他是谁?竟比冬哥这个残疾人还差劲?

不一会儿,朗月的声音传来,依我看,凯子模样不比冬哥差,还没负担。这才搞清是在说他。自己比冬哥不如?凯子像被人按在胯下钻过,又气又恼,站起来就想摔门而去。又听朗月说得实在,想听桂珍咋个回答,嘟着嘴又坐下来。

桂珍说,冬哥虽是脚不好,可心好,有担当,说话中听。

朗月仍是为着凯子,那样好,咋山仔的妈跑了?

桂珍叫起屈来,像是她受了冤枉,那是冬哥为小女儿不受累,才逼她走的。凯子有这心思吗……

凯子又没女儿,他咋有这心思?实在听不下去,悄悄出来,没理睬小妹的招呼,闷头匆匆走了。

等朗月出来,听说凯子气走了,急得跺脚。就是为了留住凯子,石承才安排朗月出面劝说桂珍,可事没成人反倒弄丢了。想到凯子身上分钱没有,负气的男人走投无路时啥都干得出来!顾不得指责小妹,朗月赶紧打电话给石承报警,然后派人寻找,车站、码头、广场、超市、结婚的、办丧事的……凡热闹的地方除女厕所外都细细梳理一遍,凯子像化了一样无影无踪。

凯子没心思去人多的地方,在曲江桥头寻了一个僻静的去处,依着桥栏面对江水发呆。正是汛期,曲江涨红了脸,挟怨带愤,嘟嘟囔囔。太阳倾着身子,拉下大桥的外衣晾晒江面上,江面上由此多了一个低垂的头影,随波逐浪,晃晃悠悠。

凯子从洪水中打捞出一段记忆来,恍惚想起乡下该收稻谷了。他突然记起自己依然是个农民。从娘肚子里开始,挣扎一直没停留过，就为一件事，不当农民。不做农民的活儿，不说农民的话儿，不跟农民一般见识，不甘农民那样卑微。一句话，努力活出与农民的不同。不管是鲤鱼，还是泥鳅，他都得蹦跶，鼓起劲跳出农门。当村里人还蜷缩在田地里，他已登上山坡，寻思跳出农门的豁口。等到村里人纷纷进城打工后，他嫌弃打工起点太低，躬着腰低贱。他在寻找一个优雅的姿态，划过天际，悠然飘落在城市的地标上。上大学，提干，参工，年轻时挨个梦想过，包括城里哪位高干姑娘非要嫁给他……梦想很纷呈，结果很单纯。他依然是一个农民，一个瞧不起农民，最终连农民也瞧不起他的农民。他甚至想，假如再遇上红军时代，他绝不比爷爷差，一定会当个大官回来。他与村里同龄人个个比过，甚至包括石承在内，个头模样不比任何人差，差的是老天爷的眷顾。

  当年村里所有娃娃中就数他与冬哥出名。冬哥出去了，但最终又回来了。他当初妒忌过，特别是冬哥娶了个漂亮婆娘，有了一对乖巧的儿女，住上小楼房后，背地里不知吞了多少回口水，也啐了多少回口水。不久见冬哥瘫在床上心里又平和了，尤其是见冬哥两口子鼓气争吵，甚至有点暗喜。他几次梦见冬哥的婆娘出走到了他家里，以至忍不住偷偷去冬哥家里查看究竟。后来，冬哥的婆娘真的出走了，不知到了哪里，害得他做梦都不知从哪个方向开始？梦中另一个女人是桂珍，同他第一个女人一起进村的。他的女人跑了，桂珍的男人死了。当他搞不懂桂珍为啥没嫁给他时，他的第二个女人又跑了，桂珍的第二个男人又死了。他甚至有点庆幸。不幸的是桂珍很快毅然进城跳出了农门。他不愿放弃，在他想来，这世上要说般配，没有超过而今眼下的他和桂珍了，都是两次被爱人"抛弃"，都是没有孩子，破镜的痕迹似乎都是一样契合。他坚定地认为，他与桂珍的事是铁定要成的，连梦都不用做。事情就在眼前明摆着，一个留不住男人，一个留不住女人，谁也别嫌弃谁的命硬，谁也离不了谁的心软。可桂珍的一番话，让他掉进眼前的漩涡里。把他压在胯下的竟是他最看不起的一个残疾人……

石承夫妇终于见着凯子，是在街道派出所。所长是个老公安，拉长声调对石承夫妇说，我也才从乡下扶贫回来，没见过你这样扶贫把人逼上绝路的。话完，看见夫妇两脸色骤变，一个关公，一个李逵。所长撇撇嘴，别给我变脸，搞公安几十年了，啥红黑二道没见过？

凯子不承认自杀，是两个环卫工人多事叫的110，若不是身上无钱，他决不把石承扶贫的事招出来。凯子不听桂珍如何解释，再贴心的话统统认作是老板教的假话，只有背着他在雅间说的那些才是真话。压根没想到连桂珍也嫌弃他,还说比不上一个缺胳膊少腿的人,这不是贱踏他是啥?现在说啥都不信,高矮要回去。

凯子气昂昂地走了,石承服服帖帖跟他到车站。石承始终没琢磨透,凯子穷不哭穷,苦不言苦,这贫困缠绕中的骨气哪来的?石家梁村恐怕也得几百年才出这么一个。石承突然怀疑自己帮他扶他是不是选错了部位,不是双肩,也不是双手,感觉拎住的是对方的头发或衣领,奋力在往上拽。骨气莫非就从这儿拽出来的?

十　强捐

这次捐款,何须山仔开口,自有手下几个人张罗打理,范龙第一个捐了两张红色大钞。

燕子走了,屋檐下悬一空巢,张开嘴期待来年。

石承陪冬哥去了一次成都,医生说再不治两只脚都会没了,手术安排在五周后。听说五周后,冬哥很着急。石承劝他,没啥,一晃就过了。冬哥说不是嫌长,是太短了。五周时间能把钱凑齐吗?石承出了个主意,山仔的妈不是有个远房兄弟吗,在镇上当信用社主任,找他应该有办法。冬哥皱皱眉头。打山仔妈走后,冬哥与她娘家再无往来,就是山仔的亲舅舅也没指望,何况是个野舅舅。其实,石承早已找过那个主任，人家满口应承，只是这抵押物不能少。石承就是来与冬哥商量，用冬哥的住房贷五万。冬哥担心，万一脚治不好，房子又没了，我父子俩到哪儿去生根？石承笑了，这不是旧社会，真还不上，也没人敢把你往外赶。人家贷款的都不怕，你怕啥？冬哥相信，他那个野舅子贪财，收了礼啥事都敢做。石承叫冬哥不要负了人家的好意，给你贷款，真还没贪财，一千元的红包人家再三推却，还是硬塞进包里的。有句话压在心里没说，就你那乡下的房子，白送都没人来住，是石承用父母城里的一套福利房作的担保，没说是怕冬哥听了心不安。

看看日子将近，信用社久久不见放款。石承专程去了信用社，门关着，挂一牌子，内部整顿，暂停营业。再一打听，主任已因巨额受贿被"请"进去了。石承急了，赶去同冬哥商量。见面后，冬哥反倒劝石承不要急，人都抓了，千元礼金就当打了水漂。石承问冬哥咋晓得，山仔说镇上都传遍了。

石承见桌上有皱巴巴的两张钞票，一红一绿，时不时被风扬起一角来。石承心生疑惑，冬哥几时有闲钱搁桌上显摆？起身过去用咸菜碗压住，说，你也不怕风吹没了？冬哥笑笑，凯子刚来过，扔在那儿就走了，正说吃了饭叫山仔给他送回去。然后摇摇头自语道，他那几个稀饭钱……

石承记起桂珍电话里说过，凯子要去找冬哥生事，就为桂珍说他不如冬哥。眼前景象让石承宽下心来，顺口说道，这个凯子，都说他没心没肺，看不出他还有一份热心肠。

冬哥回道，我也没想到。他原本是来找我单挑的。

石承一下心紧，跟你一个病人单挑啥？

山仔给石承端来一碗茶，漂着几朵山上的野菊花，清心利头，压一压火气。冬哥指指茶碗，示意石承边喝边听，他一早就来了，指名要与我比个高低，好让人口服心服。我一个病人，不用比甘愿认输。他还不干。说不动手不动脚只动口，绝不能让人说他欺负一个残疾人。比啥？比主持婚丧喜事那一套。我在床上躺了好几年，就是不病，几时留心过别人咋主持的？他是用了心来的，呱呱嗒嗒一套一套的，真还像模像样那家人。我心服口服写了服帖，他接过去甩了两张钞票在桌上，拍拍手走了。

石承一下明白了，估计凯子此时正揣着服帖进城找桂珍去了。石承把话拉回来，问治病还差钱咋办？这世上再没第二个凯子会来比啥送钱的。

两个大人如菩萨样对坐，山仔几时进去，几时出来，全然不知。直到山仔捧着一个纸包对他们说，我这里有钱。

两人听说有钱，一下活过来，紧盯着山仔。山仔打开纸包，露出一捆钞票，用胶圈缠了又缠。山仔捧给父亲说，差五角五百。脸上一丝得意泛出。见父亲没伸手来接，晓得是问来路，补上一句，同学捐的。

石承突然记起覃老师说过，等两天要把班上的捐款送来，以为是她让山仔带回的，问："覃老师没来？"

山仔有点气馁，说："她是老师，同学捐在她那儿的钱还要多些。"

两位大人才明白，这是山仔个人在班上搞的捐助，冬哥嫌他脸厚，骂道，伸手去要，你也好意思张口？

山仔脖子微微上扬，我才不开口呢。他们敢不给。

两个大人为山仔的豪气惊讶，两眼齐刷刷罩住他。冬哥竖起眉毛，问，你咋个收钱的？山仔对大人的表情变化没当回事，颇为得意地说，他们自己掏的。原来上自习时，胖娃把报纸摊在桌上，说老大的爸爸要去成都动手术，缺钱，各位有钱的帮个钱忙，无钱的明天带上……冬哥有所不知，范龙转学后，山仔就被昔日那帮小兄弟拥为班上老大。后来范龙又转学回来，由他妈带来学校，专程向山仔又一次道歉赔礼。这些山仔自然瞒着。这次捐款，何须山仔开口，自有手下几个人张罗打理，范龙第一个捐了两张红色大钞。

冬哥一把将钱拂在地上，咬着牙骂道，你狗东西硬是翻身了，学会了欺压人，跪过来！

石承也是心里一紧，自己扶贫，咋把吴琼花扶成了南霸天。石承怕冬哥动手，拉山仔到怀里，轻声问，你打人没有？见山仔低头不语，估计动过手，追问道，打谁了？山仔嗫嚅，清秀。

啊！？两位大人惊愕。冬哥嘴唇哆嗦，颤抖着手指骂道，你这狗东西，清秀对你多好！你还打她？跪过来。山仔先前的得意变成了茫然，申辩道，她叫我打她的，好吓唬其他人。石承没放山仔过去，劝冬哥压住气，孩子也是为你治病急的。石承低下头开导山仔，以前范龙欺负你，你恨不恨他？山仔咬紧牙帮子说，我恨，我一辈子忘不了。石承顺势反问，你现在欺负同学，那他们恨不恨你呢？恨！我不怕。胖娃说，镇子上那么多人恨范龙的爸爸，他照样当镇长。那么多有钱的招人恨，人家照样卖假货骗人。世上你恨我，我恨你的事多，都不管用，只有这个管用。说时，山仔抡起小拳头晃了晃。

冬哥再也躺不住了，可又起不来，用拳头在床上擂，边擂边骂，你个狗东西，啥时候学会土匪抢人啦？

石承用手势止住冬哥，心里别是一番苦涩。这小小年纪何来的胆子？不管不顾地仇官仇富。石承替山仔理了理衣服，细声说，山仔啊！胖娃说的话你可不要信。范镇长可是大家投票选出来的，说明拥护他的人还是多。经商也要讲信誉，那些掺杂使假的人，还不是被罚款的罚款，关门的关门。山仔呀！这世上的人与人之间啊，除了恨，更多的是爱。人的一生离不开爱，在家里有父母爱，上学了有老师的关爱和同学的友爱，参加工作了有领导和同事的互爱。你也看见的，你爸爸患病了，城里村上多少叔叔和阿姨来关心帮助，就是范龙的爸爸也多次到家来看望，我还晓得范龙的钱是他妈给的，你在学校受了委屈，校长、覃老师、艾老师、清秀和班上的同学多关心你……

提到清秀，冬哥更生儿子的气，骂道：小小年纪，就学会了打女人，我跟你说了多少次，当年你太爷爷就是打了你太婆婆，你太婆婆才上吊的。你爷爷生前常说，男人打女人是打自己的脸。

山仔对此不服气，低声咕了一句，你还不是把妈妈打走了的。声音虽小，冬哥还是听得清清清楚楚，戳到痛处，一时气哽。

石承瞪了山仔一眼说，不许这样说你爸爸。见山仔提到妈妈时眼光闪烁，问他，你爱妈妈吗？山仔点点头。你晓得妈妈在哪儿吗？山仔又点了点头。妈妈和妹妹好吗？提到妹妹，山仔有点兴奋，大声说，长高了，成了个胖妞。

冬哥听见儿子说到女儿，眼睛一下睁开，关切地问，你遇见她们了？见山仔摇头，又闭上眼睛道，那你瞎说。

山仔大声道，不是瞎说，我这有照片。话完，从里面衣服里摸了一张照片，递给父亲。照片是合影照，边上的人已被撕掉了，只留下一个女人和一个小女孩。

冬哥注视半天，问，你这是哪儿来的？山仔说是从舅舅那儿拿的。听说冬哥要去成都动手术，山仔的妈托娘家兄弟带五千元给山仔。山仔不敢要，只要了一张照片回来，把边上的男人撕掉了。

看着妻子和女儿的照片，冬哥止不住泪水长流，失声哭出来。看着他哭，山仔也哭出声来，就是你，成天不是骂人就是摔东西，活生生把妈妈气走了的，呜！呜！

石承心酸，递给冬哥一张纸巾，又替山仔擦了眼泪。待父子俩哭声稍弱，石承问山仔，妹妹现在过得好不好？山仔点点头，好。又问，如果妈妈不走，妹妹能不能过上好日子？山仔想了想，摇摇头。妹妹那时缺奶，家里无钱买奶粉，成天饿得哭，瘦得一根藤样，如果不走，怕是活不出来。石承擦了擦自己的眼角，再对山仔说，这下你该晓得爸爸为啥要逼妈妈走了？山仔哽咽着点点头。

冬哥带着哭腔说，那个女人心硬，再三给她说好话，叫把山仔一起带走，她就不听。

石承怕山仔生怨，对山仔说，你也别怪你妈妈。转脸对冬哥说，她若把山仔带走了，恐怕你坟上草都长起比人高了。

三人再不言语，死一般静寂。无助、无奈、无情，三股绳索样绞得人心痛。

时光在心原上潜行。一阵电话声如惊雷炸响，朗月打来的。张口才说到爷爷那包东西，石承心头的闷气点燃，吼道，说了多少遍了，那包东西不能动。朗月也来气了，这才怪，你一道二道喊我找钱，我才说到钱，你冒哪门子火？朗月话来得陡，石承，你到底要不要钱？不要钱我挂了。听到说钱，石承哭脸立即换成笑脸，问清是秋惠的一个朋友，搁了一笔闲钱在她那儿，愿借给石承，不要利息。数额嘛，五万，十万都可以，只是要东西抵押。石承感到绝处逢生，话没听完就连连说，答应他，只要不拿命去抵押，都答应他。

朗月就等这句话，生怕他反悔，特地拴了一句，这是你答应的，我可签字了。石承心想，多大个事，不就借五万块钱嘛。签，我说了算数！冬哥仍有些犹豫，那钱借了今后咋还？石承劝他先别想那么多，脚治好了再说。

有钱就有了笑容，三个人高兴，得有点表示。石承从摩托后面箱里拎了一罐酒进来，是当地酒厂出的小灶酒，给父亲买来泡药酒的。冬哥叫山仔切了一碗泡萝卜，两人大碗端起，你一下我一下，喝起花儿开。

太阳先在门外观望,后来闻着酒香进来,凑到人脸上提醒少喝点时,石承已伏在桌上鼾声连天。屋里没有多的床位,只得由他随梦去。直到外面喇叭响起,山仔才摇醒石承,坐上石现请来的皮卡车,连同摩托一并拉走。

石承人未回到家,朗月电话先到,石现接的电话。朗月要石承酒醒后打电话给她,说凯子又进城了,桂珍在城里一个办丧事的宴席上撞见他。石现估计凯子这次不会挨打,当地习俗"人死饭甑开",就是叫花子也准入席。石现怨凯子不争气,一句话告诉朗月,不用等石承酒醒,直接问凯子,他到底想干啥?缺饭吃就在你店里养着,想看热闹回乡下来,别在城里丢人。没想到凯子就在旁边,接过手机回答,我不是去蹭饭,是去看个热闹。石现不信,热闹乡下也有呀!可凯子不认可,说还是城里的婚丧寿宴好看些,他要把城里的热闹搬到乡下来,自己要凭本事坐个上席。

石承酒醒后,听父亲说了此事,打电话告诉朗月,凯子喜欢热闹,喜欢学人主持红白喜事,你去找找礼仪公司的人,多给他弄几盘婚丧寿宴礼仪光碟,再给他弄一个光碟机,让他尽快回到乡下去看个够,别在城里惹出事来。

事后石承一直后悔,应该找个老师教一教凯子。

十一　远方

山仔点点头说，我长大了，多挣钱当个大富人，帮穷人。

成都的手术很顺利，冬哥坐担架去，拄双拐回来。医生说，若是锻炼调养得好，再有半年就可以去安假肢，以后就能丢掉双拐走路。冬哥感激帮助他的人，一笔一笔在心里记得清清楚楚。有的是欠情不欠债，有的要还情还要还债的，尤其是石家代他借的五万，一定要偿还。回家的第一件事，叫上山仔，靠着双拐，走走歇歇，花大半天到石现家。石家大吃一惊，大老远忍痛挨饿的急个啥？冬哥屁股还未挨着板凳，倚着拐杖递上欠条和两个信封，一个信封装的是桂珍的护理费，在成都给她坚决不要，托石承转给她。一封装的是剩余的钱，先还给石家，余下的打了欠条。石承愣了一下，赶紧扶冬哥坐好。翠婶端上茶来，说，桂珍的钱最好你给她，她的心思你晓得的。冬哥勉强一笑，用手掸掸空裤管，害了一个不想再害二个。石承见山仔嘴儿嘟起，从旁补道，怕是山仔不答应，他要去把妈妈找回来。冬哥嘴唇翕动，想说啥又觉不好说。石现把另一个信封和欠条往前推了推，这钱你留着，安假肢还要用。欠条你就别打了，也不用还。冬哥晓得是抵押借款，不还咋行，抵押物不要了？提到抵押物，石现很是生气，瞪了瞪石承，转脸对冬哥说，你晓得抵押物是啥吗？冬哥摇头，石现长长一声叹息，唉！就是那一包宝贝！

几枚勋章能值五万？

说话时，石盟从外面回来，看见山仔来了，两个小伙伴好不亲热，撇开大人不管，牵着手到屋后面大坡上，在那块红军标语下面两个小孩坐下来。石盟忧虑地说，山仔，明年我要到你们班上来读书了。山仔巴想不得，好哇！你来了，没人敢欺侮你。可转念一想，城里读书好好的，咋会到乡下来读书，肯定骗人。石盟伸出小拇指，骗你是这个，接着轻声说，爸爸妈妈在闹离婚，我愿意跟爸爸，要到乡下读一年。

冬哥去成都后，石现忽然想起那箱宝贝，写好说明，准备亲自去捐。催儿子拿宝贝出来，才听说朗月用它作了抵押，赶紧用县城当年分的一套住房贷了五万,要儿子把宝贝赎回来。找来朗月,朗月笑嘻嘻地说,不用还了。石承感到奇怪,这钱哪来的?朗月笑笑说,这你就不用管了。那奖章勋章呢?朗月轻飘飘一句,被贼偷了。老人惊愕地看着儿媳妇。朗月还很得意,没等她笑出来,石现脸色泛红,汗珠沁出。小两口晓得父亲有高血压,赶紧叫救护车送医院。

石现是抢救过来了,张口闭口要宝贝。医生说这种病人千万动不得气,嘱咐后人万事要顺着老人来。石承回家同朗月说,划算不划算的事先不说,眼前先把那宝贝找回来给老人救急。朗月没料到老人会急成那样。先前瞒着石承就是怕老人不答应,犹豫再三,实在舍不得将这宝贝白白捐了。心想,事成了,一大笔钱回来,受点气也就过了。哪知老人要勋章不要命呢。石承催朗月快拿钱赎回来。朗月摇摇头说,要是要不回来了,有钱也没用,报案也没用,不是被贼偷了,也不是抵押,直接是卖给人家的。石承听他说起买家是个搞收藏的,晓得是谁,父亲病中念叨过,就是那个搞收藏的买家,给了10万都没买走。啥?10万!把朗月惊住了。石承说,你不信,去问秋惠的爱人,人还是他引来的。听说不卖,当时那人还想涨价,父亲说再多的钱也不卖。

朗月泄气了,嘟哝说,那咋办?石承回答干脆,咋办?加价去买回来。朗月蒙了，原以为赚了一大笔，没想偷鸡不成蚀把米，泼出的水收不回来，打死不干。两口子就此闹翻，陈谷子烂芝麻的事全抖了出来。朗月气呼呼说，这日子没法过了，离婚！石承没吓住，离婚就离婚，男人还怕单身？

说到这儿，石盟埋怨他妈，卖啥不好，非得要卖勋章。班上同学都晓得我太爷爷是老红军，连房地产老总的儿子都敬畏三分。他们不信，我说有勋章作证。这下卖了，别人再问起，我不成了个吹牛的，不挨拳头都要挨口水。山仔不停地点头，表示深深理解，若是自己的太爷爷活到胜利，也有勋章，肯定也舍不得卖，也同样受人恭敬……

几位大人在屋内，长一声短一声叹息不已。先是冬哥一番自责，说都是为我引起的。又劝石现老人，事情都到了这步，能赎回更好，实在不行的话，也只有认了。冬哥再一次把条子和信封推过来。石现一把推开说，你再别管这事，真拿不回来，就当老人家捐助他战友的后人了。

回家的路上，山仔问父亲，石壁上的红军标语，真是太爷爷凿的吗？

冬哥点点头，他是红军，是石匠。

石盟说是他太爷爷凿的。

冬哥依旧点点头，他也是红军，也是石匠。

凯子也说是他爷爷凿的。

冬哥停下来，多点了几下头，都是，是所有红军凿的才传得下去。山仔又问，石盟家为啥要给我们钱呢？冬哥反问儿子，你说呢？山仔摇摇头，只是听石盟说钱是卖勋章得来的，可那勋章是他们家的呀？冬哥仰望远方，仿佛当红军的老人们正列队走来。他喃喃自语，你太爷爷那辈人之间，别说勋章，命都是共同的。到石盟爷爷这辈人手上，还认定勋章是共有的。到石盟妈妈那里，勋章就是有名有姓的了，懂吗？山仔似乎没听懂，说石盟他妈妈不想给，他爸爸要给，石盟要给。冬哥问儿子，你要吗？山仔生怕答慢了会输给石盟，赶紧说，他们给我也不要。接着又问，那债款呢？冬哥说，等我假肢安好了去挣钱还，还不清，你长大了挣钱还。山仔点点头说，我长大了，多挣钱当个大富人，帮穷人。

一晃眼，映山红又开了，满山遍岭红扑扑的，如火焰燃烧，红星闪烁。

石承下乡扶贫期限满，也该轮换了。全镇的扶贫任务完成出色，受到县上通报嘉奖。冬哥和凯子作为典型事例，频频出现在各级领导的报告中。但石承的帮扶对象收入不达标，照责任书该受罚。石承从镇上举行的总结表彰会上出来，心情很坦然，觉得贫困户脸上的笑容比奖状更好看。想去见见凯子，听说他很忙。自从得了那些礼仪碟子，凯子日夜在家演习，现已成了方圆十几里出名的知客事（乡下对主持人的称谓），有了红白喜事还离不开他，体体面面去坐上席收红包。石承想起过去埋汰他的那些话，顿觉不好意思去见他。

  冬哥那儿倒是去了，想看看他用假肢走路的样子。车到冬哥家坎下传来熟悉的歌声：

  我的肉腿，被脚印收藏，

  我的铁腿，从石刻里生长。

  暖意在泉水中流淌，

  人心随山风飞翔。

  一行石刻，百年承诺。

  你不忘，我不忘；

  官不忘，民不忘；

  城里不忘，乡下不忘；

  富人不忘，穷人不忘……

  歌声里，有一个女人在低声伴和，石承突然觉得不该去打搅，掉转车头，松口气缓缓离去。

中部 际遇

题记：时运到了，城墙也挡不住。

一　蓝喆扶贫

你都成光棍了，儿子，谁还用着你去扶？

涂雅走了，噗的一声，展翅东南飞，离婚远比初嫁急迫。

一瞬间，两人都洗白，远去的没带走一根草，留下的没留住一个眼神，如同一场大雪漫过，以往的沟沟坎坎全没了。从民政局回来，蓝喆突然感到家宽大了许多。过去两人从没挤够的双人床，一下空旷冷清横陈。衣柜失去女装的婉约五彩，深邃中透出僵硬和单调。看着多出的卧室和卫生间，蓝喆突然生出一种奢侈感来，甚至怀疑当初买房就是涂雅的预谋，她要留一笔长长的房贷来虐待自己。

涂雅单位的处长打电话把蓝喆由狭仄引向广阔，说与众多离婚男性同胞相比，蓝喆算是发了，净得房子车子存款。据他的阅历和经历，涂雅是第一个净身出户的女人，连旧情都留在原处。涂雅也那意思，为了证明净身，还特地声明，别说身外之物不要，就是身内之物，若是有了也要还与蓝喆。如此说来，涂雅不是肇事者，反成了被赶出家门的苦主。处长的泪水咋会当汗水流？涂雅离家是去傍大款，不是去尼姑庵！听他口气，涂雅的高攀是蓝喆抛上去的，蓝喆不是离婚倒像是在卖妻。老家有句骂人的话，叫穷得卖婆娘。扳起指头数数，研究所离婚的人中，蓝喆确实算穷的，以致办手续还得女方付工本费。但再穷，蓝喆可没想借离婚来赚一个两个。

  处长离过三次婚，阅历经历的确不浅，即使这样，也不能与蓝喆相比！他前妻中妻后妻的看点合在一处也没涂雅多。当年读大学，涂雅的漂亮可是横跨两个世纪几个年级，以致几个小吃店争着用雅雅冠名。若硬要拿女明星比，那得四五个的好才能拼凑一个涂雅。蓝喆是学霸，学哲学专业，自然科学和社会科学媾和的宠儿。好几个导师为争他去当研究生差点红脸，好像彼此一生的学术较劲要在蓝喆身上见分晓。当年在校园见着他俩，人们总要颠来倒去打量一番，直弄得眼神打结，半天收不回来。两人结缘，纯属外人戕害，非把两人当实验品，验证"郎才女貌"没过时。传统一成共识便生合力，邂逅成了两人刻意都不可避免的频发事件。

离了婚蓝喆需要善后清理,从债务到冰箱。欠债两笔,车贷房贷,债主两个,银行和娘。冰箱里物品两种——咸菜和醋。咸菜来源地遍及国内国外,洋的有韩国、朝鲜、越南、新加坡;土的有东北的酱菜,广东的泡菜,四川的腌菜……这都是涂雅的至爱。大约是醋坊生的,涂雅口味嗜酸,咸菜还要蘸醋吃,所以,山西老陈醋、镇江香醋、渠县特醋、福建红曲老醋和阆中保宁醋,家里全有。蓝喆找来垃圾袋,张开袋口,喊声,去!酸甜苦麻辣尽入囊中。扎袋口时,蓝喆犹豫了。小心从里面抱出一个土陶罐来,双耳,罐口稍缺,配一个白瓷茶盖,如耄耋老人满头冰雪。揭开一个缝,老家的黑泥香气逸出。用拇指试试,还成!重新盖好,捧回冰箱。

夏老头有些日子没做梦了,瞅着日头送来的影子,像是梦呓,你前脚走,范镇长后脚就到了。夏莲只当又来催扶贫申请,说别理他。夏老头接下来的话有点蹊跷,范镇长还带了个人来,黑眼镜,说话细声细气的。夏莲愣了愣,见父亲半眯着眼,似醒非醒,拿不准信与不信?孩子的奶奶人称张婆婆,在旁边耷下眼皮说,那人急着想见你,顿了顿说,年龄嘛跟你差不多。夏莲感到气闷,问,他们说啥了?夏老头说,没说啥,只是问这问那,下细得很呢。张婆婆拖长声调,最关心的是你有几个娃儿？说完双眼打开看媳妇的表情。夏莲似乎啥都明了，松一口气，提桶去打水，嘱咐老人，别在外人面前叫穷，尤其姓范的面前。张婆婆酸酸地说，亲家没叫穷叫苦，就怕把人吓跑了。夏老头梦惊醒一般，双眼突然瞪圆，我去吓谁呀！我这辈子讨贱还不嫌够？

夏莲没有娘，生母养母都没有，灾荒年夏老头从石头缝里捡回来的。夏老头生来有只腿没法伸直，养了女儿就没法给女儿养个娘。先前集体生产时，硬活做不了，只能去管水。田地下户后，靠编织点筲箕簸箕上街卖，可塑料制品来了，再咋样精编细织的篾货，也经不起五光十色的塑料货碾压。日子像下了活套，越蹦越紧，越紧越蹦，三五两下蹦成了五保户。夏莲出嫁时，当着迎亲队伍的面，夏老头手一扬，一分钱的彩礼不收，只要待我闺女好就成。可夏莲知道，爹实在是办不起嫁妆，换个两清。望着女儿的花轿远去，夏老头反反复复念叨，这下我放心了，子子孙孙再不吃救济粮了。

张婆婆当初就不愿同五保户打亲家，不要聘礼白送也不愿。她不在乎媳妇漂亮不漂亮，只图旺夫旺家。可儿子在乎，见面抓住就没松手。两个年轻人把当娘的脸色，权当天气预报。父亲不在世，当娘的双拳敌不过四手，还得依算命先生看的期，心不甘情不愿地把夏莲娶进屋。后来儿子又把中风的岳父接过来，凭空给争吵加添许多理由。张婆婆按从大到小，先里后外同夏老头，同儿子，再同夏莲吵。没吵几年，儿子从高架上摔下来走了。张婆婆用算命先生的话，怨夏老头带来霉运，夏莲则亮出娘家的俚语，猪吵卖，人吵败，这家是你吵败了的。最后一场争吵后，双方把剩下那点赔偿金厘清散伙。当夏莲打点好行李，夏老头被抬上滑竿，一对小孙孙却背着书包拉着婆婆不松手。滑杆上的夏老头哭着喊着他要一个人回去，死活再不连累后人。张婆婆眼角湿了，抚摸着孙孙的头，掏出那张争争吵吵得来的储蓄卡放在孙子手上，拿去吧，好好读书，记得回来给婆婆上坟。夏老头呜呜哭得更响，尚能动弹的半边身子奋力一挣，咕噜一声脸朝下翻在地上。夏莲脚一软，跌坐在父亲面前，将他头紧紧抱在怀里，用衣袖擦拭嘴角的泥土，哽咽着说，不走了，等孩子大了再说。

　　自此后，这院子里，鸡鸣鸭叫都谦让着来。

　　蓝喆的娘姓李，按老规矩随夫家称谓，人称蓝李氏，本家内依辈分来，先称蓝嫂，后称蓝婶，而今人称蓝婆了。不知她从哪儿晓得儿子离婚的消息，电话里谁也没责怪，问还能和好吗？得知不行后，叹口气，唉！我还说教她做咸菜呢。蓝喆揉揉发酸的鼻子，你把人家当传人，人家把你那土陶罐当夜壶。

老人似乎闻到了儿子的心酸味，缓了缓，那，那你回来下，娘想看看你。末了还说，鲜咸菜做好了，顺便再带些回去。

蓝喆吃咸菜，成瘾很早，从吃第一口饭起，至今戒不了。小时家穷，筷子不走岔路，离了咸菜再没去处。长大后，土陶罐的咸菜味里时不时翻出陈年家教来。大年夜，父亲拈起一块咸菜，凑在煤油灯下，自个品味说，这家呀，再穷也缺不得两样东西。见儿子眼巴巴望着，故意慢吞吞说，一缺不得灯，缺了六亲不认；二缺不得咸菜，缺了妻离子散。蓝喆那时不大省事，只当一句趣话，说的是灯黑看不清，菜咸好下饭。父亲去世后，才知个中含义。家里有灯，才分得清长幼亲友，再穷不会少了礼数；桌上有咸菜可撺，一家人喝水都围在一起，吃好吃孬家不会散。上大学时，娘把土陶罐捂进行囊里，眼神中满是虔诚，嘴里不停祷告，先人们祖人们，保佑后人蓝喆平平安安，发奋读书，衣禄无忧……见儿子一脸不屑，三番两次要把罐拎出来。娘死死按住，叮嘱儿子，灵着呢！日后你就晓得了。

陶罐是湖北孝感的老窑货，由启始祖带进川，至今也到了成精成怪的年纪。罐子里五味杂陈，装满一个迁徙家族的酸甜苦麻辣，杂糅宋、元、明、清、民国，当然还少不了而今眼前的风味。传到蓝喆手上，也有十多年了，没见更多旧故事冒出来，也没新故事摁进去。啥事没有，蓝喆看不出陶罐爷爷的灵异在哪？娘舒心一笑，傻娃娃，保你无事，这就是灵验啊！蓝喆也笑了，哪是它保我，是我保它！要说灵验也真算得上，每次涂雅扔它，不是刚好就是恰巧，再不就是碰上，蓝喆总在关键一刻现身搭救它。最险一次，蓝喆是在垃圾车上偶然发现给抱回来的。连涂雅也吓蒙了，此后再不敢动它。不过这也算法力？

二　贫富难辨

而今的贫与富，成了萝卜青菜各有所爱。

阳雀叫唤，宛如一首情歌传唱，田野禁不住燥热起来，秧苗的嫩绿替换下麦子的枯黄，稻田迎风显摆今年的第二胎。

天老爷时晴时阴，映在夏莲脸上似雾似霾。她感到今年日子格外苦，苦到买蜂蜜都没一丝甜意。再苦也得买，夏老头通便离不开蜂蜜，十天半月就得买一瓶。一瓶的花销够买一个学生双肩包了。为了外公的蜂蜜，细妹至今还挎一个花布书包。这天镇上商家搞活动，买两瓶送一个双肩包。老板劝夏莲，你家常用的，多买点回去划算。夏莲得和兜里的钱商量，买两瓶恰好，钱掏出来了，犹豫半天又揉了一半回去，她得留下大娃这半月的生活费。老板大方,劝再拿几瓶回去,钱嘛欠着,几时有了几时给。夏莲听见这"欠"字像被蜇了一口,连说几声不,只怕自己记性差,到时欠你钱不说,还给后人落个赖账的名声。

对生活费,大娃似乎不放心上,好像用钱的不是他是别人。父亲在天之灵作证,娘手上有钱自会给他。若没钱,要钱犹如逼债,亲人的催逼,伤害远甚于外人。自父亲咽气那一刻,大娃自觉长大了,大到这个家装不下了。年前,他就要辍学打工,除细妹外一家人反对。娘直说,若是你父亲多读几天书,绝不会上高架犯险。儿子呃,你必须上大学,毕业后直奔办公室坐着挣钱。

细妹不管哥到哪去,只眼巴巴望着那个玉兰色的双肩包。娘说过,等哥上高中住校了,书包就归她。娘的话一落脚,细妹的心就落下,像大人买房办了房产证,只是这两年暂时给哥用用。每次大娃哥回家,细妹总是第一个接过书包,里里外外检查,再细细末末擦了又擦。细妹最恼哥把泡菜瓶子往里塞,就怕万一有个磕碰,不敢设想双肩包遇上烂玻璃会成啥样子?细妹总是在外面捡些塑料袋备好,不管脏不脏哭闹着要哥另装。

但凡这时,婆婆总会出面调停,代细妹洗干净袋子,再把泡菜瓶子三个也好五个也好，细细装好扎紧塞在大娃手里，悄声道，你就依了妹子，拎出门再说。当婆婆的最怕两个孙孙争吵烦他娘，对夏莲这个来自五保户家里的儿媳妇，再不敢嫌弃，唯恐一夜醒来不见了人，两个小孙孙没了娘，当婆婆就没了魂。她再不怀疑儿子当初的选择，甚至认为儿子早就晓得有今天，才会生死要娶夏莲。这道理还是对面院子郝婆告诉她的，命里只有八角米，走遍天下不满升。夏家和她张家的命，苦到了门当户对的程度。

　　过段日子，不见蓝喆回去，如同小时放学不见人影，蓝婆急了。电话一浪一浪盖过来，蓝喆差点憋不过气。蓝喆告诉娘，自己下派到宕县，接替一个叫石承的当地干部，到石家梁村当第一书记去了，眼下忙，等稍稍松闲了就马上回家。这让蓝婆更着急，从省城放到村上，这是多大的处分！公家人离婚不是敞开了吗？即使该计较，过错也在涂雅身上，谁叫她十年不要孩子！电话里直问儿子是哪儿定的？她要说理去！没法，蓝喆只好拿俸禄来哄她，说这与离婚不沾边，儿子要有出息涨工资，就得下去锻炼。听说是好事，蓝婆自然不能搅黄了。不过，你都成光棍了，儿子，谁还用着你去扶？还是抓紧回来下，出息和儿子，娘都要。

蓝喆一时真还走不开,就娘问的扶谁?没定下来。全村摸底五十七户贫困户,石承任上验收脱贫二十二户,余下的精准确定了三十三户,落实到研究所的人头上,刚好职员一人包一户,领导两户。任务,责任,明明白白贴在贫困户门上。未定下的两户给蓝喆留着。而今的贫与富,成了萝卜青菜各有所爱。未定的两户中,镇上认定的叫夏莲,范镇长说困难,可本人无申请,谁说她穷就黑脸。蓝喆头次拜访就吃闭门羹,像是不穷你逼她穷一样。另一位郝婆恰相反,逢人便喊穷,长吁短叹命苦,成天找镇上要贫困户的明白卡贴门上。拉着蓝喆去家里看辛酸,次次让蓝喆掉着泪回来。蓝喆有心定郝婆,可范镇长又说,人家不愿富你何苦逼她富。

范镇长的理由充裕,夏莲丈夫大前年从高架上摔下来走了,两个孩子,两家老人,四张嘴靠她一人喂养,上学治病,吃饭穿衣就凭她一双手。说到郝婆,范镇长一脸鄙夷,别看她常年穿衣服当作逛菜市,喜欢反季节来。逢人便说儿子不孝。谁不知她儿子郝友发了,全村人的钱加在一起也不及他多。说到村里想法与他相反,范镇长哈哈一笑,村上那几爷子的娃娃全在郝友手下做事,要舔肥。不答应夏莲嘛,那是人家不答应他们。说完自己都禁不住笑了。村上黄主任另有一番说法,范镇长为啥要定夏莲?蓝书记,这咋说呢?等你见了夏莲的模样就晓得。郝婆的穷样你亲眼看见的。儿子郝友钱多不假,可这不比从前划成分,穷富非得查几代。

若依本人意愿,夏莲是蓝天无云,郝婆则是泪水哗哗。两人是炫富还是哭穷,蓝喆懵了?想用一把尺子去量,如年均人平多少。可家家一本糊涂账。甭说外人,就自个手中一年过了多少钞票,也没几人说得清。有些事量化不一定有用。当年选对象,涂雅的身高体重三围一清二楚,结果呢?大凡无法量化的事有时直觉会告诉你。贫与富也大致如此。不信你看,常常喊缺钱的十有九个是有钱人。那些兜里无钱过夜的人,偶然得了千儿八百,兴奋得逢人便吹自己发了。遇见这档事,不用清账,闻气味就能识别。

学校收到很多双肩包,是一个叫关工委的送的。许多同学领了,细妹没领,就为她家没人在外打工,不算留守儿童。爸爸从前打过工,那时细妹才算正宗留守儿童,可那时没人送双肩包。细妹不怄气,细妹不看那些双肩包,连背那些双肩包的同学也不看。细妹早就有双肩包,还是玉兰色,搁在大娃哥那儿。

张婆婆抻抻衣角,抬脚要去学校为孙女讨要一个双肩包。可后脚还未出门,前脚已软了。以前也曾有过这类事,张婆婆也曾说过，你们年轻人脸薄不好开口，我这张老脸放得下，我去给娃娃要个回来。每次总被夏莲挡住，怕娃娃养成习惯，遇事伸手要，从小背个讨贱的名声，会让娃娃们一辈子直不起腰。每次说完还要多看张婆婆几眼。那意思张婆婆再明白不过，当年我嫁你张家，就为是一个五保户子女，被你当婆婆的斜起眼睛看。张婆婆声音小了，因是孙女的事，忍不住还得分辩几句，细妹想要得很。夏莲叹口气，唉！细妹最想要的怕不是双肩包。张婆婆这下嘴被铁水凝了，再没吭一声。明摆着这个家最缺的也是娃娃最需要的，就是一个父亲，一个撑起家的男人。对这点张婆婆哪会不知道。这个男人至今没进屋，是夏莲用嘴儿将门封死了。哪天她要一开口，门裂开一条缝，自会有男人撞进来，神仙也拦不住。若一旦这个男人出现，脸没放处的是张婆婆。对夏莲来讲，婚姻无论是第几次，都是她亲亲的丈夫，夏老头亲亲的女婿。对两个孩子来讲，后爹也是爹。可对张婆婆来讲，既不是女婿，也不是儿子，更不是兄弟，无论他姓啥叫啥，张婆婆都不好称呼。每每想到这，张婆婆后背直冒冷汗，既怕这个男人出现，又怕这个男人不出现，暗地里把儿媳吞没了。而今，儿媳要争硬气，当婆婆的磕头作揖还求不来，咋能去阻拦作梗。

到了该返校的时辰，大娃迟迟不肯动步。夏莲以为是钱给少了，说隔两天给他送到学校。大娃低头说，不是钱的事。娘给钱从来不是事，给多给少，甚至给与不给都不是一个事。娘给的钱太纯洁了，只能买同样纯洁的米饭，从来没被荤菜腥菜污染过。大娃下饭是自带的咸菜，同食堂菜谱上的菜比，除了不花钱外，色彩味道毫不逊色。红的泡萝卜，绿的浸菜梗，黑的豆豉，黄的腌蒜，青的盐豇豆，辣得过瘾，食后满口焦香，食欲大增。全寝室的同学先是眼馋，后是万般不舍。有嫌肥腻想节食减肥又犯难的，或思虑过度食欲不振的，主动打上饭菜来换。一荤一素一汤，换一瓶咸菜。交换从开始的以物易物到后来用现钱，不到一学期，大娃有了积攒。仍不敢吃肉，想买一台二手电脑。还差多半钱，不敢向娘要，怕娘晓得了怄气着急。现在包里突然有了钱，足够买一台旧电脑。可不好说出口，更不敢对娘说，怕她听了更怄气更着急。大娃不知该不该要？更不知该不该对娘说？娘的态度早就明了，说了就不能要，要了就不能说。可眼下，娘提到钱时脸上的愧疚更让大娃不忍。他鼓起勇气说，娘，学校给了三百块助学金。

夏莲一愣，从上到下被抽了筋样发软，她扶着门枋，无力地坐在竹椅上失望地盯着儿子。大娃吓着了，这三百元不像是发的，倒像是在哪儿偷的抢的一样。他赶紧把兜里的钱悉数掏出来，捧到娘面前。夏莲没看钱，仍死盯着儿子，我给你

际遇 105

的钱，是少了点，但那是娘用汗水挣的，是硬气的。说了多少回，缺钱不能缺骨气。你嫌娘的汗水钱少，娘明天就出去给你挣，脏钱你要不要？软钱你要不要？！话和泪珠一起砸在大娃心上。脏指啥？软指啥？他都清楚。前面院子里第一栋洋楼就是脏钱、软钱修起来的，整个村的人背后都在骂房主人，说那两口子丧德，男人讨，女人卖，丢尽了村里人的脸。大娃头更低了，捧钱的手僵在空中，要不我退回去？

　　张婆婆不忍看下去，痛钱更痛孙儿，圆场道，下次不要了就是。夏莲忽地站起来说，好，我明天就出门挣钱去，管它脏的软的一帕包回家，错了也下回再改过来。张婆婆连忙改口，我也是在教大娃。赶紧转脸对孙子说，钱哪个不想，大人更想后人争气。夏莲松口气，重又坐下来，接过大娃手中的钱，将三张百元钞退回去，扬扬剩下的一叠零钞，问这又是哪来的？大娃头稍稍抬高，是我用咸菜换的。夏莲将零钞塞到儿子手里，起身要走。大娃一把拉住她，带着哭腔说，娘，我再不敢了，求求你，别再说脏钱软钱的事。夏莲绷紧的脸松开，朝着儿子空着的那只手掌，来，然后软软地击过去。

三 缘分

声音是那样熟悉，熟的如同自己的五脏六腑，仿佛才从心里剜出去，又从伤口塞进来。

蓝喆终于回到老家，是下边院子王老师打的电话，说他娘到他爹坟上哭了好几回，再不回来，到时就轮到他当儿子的哭了。这下火上了房，蓝喆顾不得赶班车，坐辆摩的烟熏火燎赶回来。

见面后，蓝婆端来醪糟，碗里卧两荷包蛋，兑上蜂蜜，热腾腾搁在儿子面前。蓝喆透过热气，以他专业的眼光观察娘，从精神到物质，没发现啥突变。渐变是有，手脚慢了许多，话也慢了许多，一句话像在肚里打了结，半天理不顺。娘老了！

蓝喆心里发热，鼻子发酸，眼泪差点掉在碗里。常识告诉他，老人若有伤痛处，最好别去触碰。因此，娘笑，他也笑。娘说，总算把你盼回来了。他也说，呃，事太多，总算回来了。在心里，娘到底为啥去哭坟？不好问，但不得不想。专业习惯让他爬楼梯样，顺着马斯洛的需要层次挨个分析。生活费按月寄回家，娘康健，衣食应是无忧。生存没问题。突然发现，生存没问题本身就是个问题。在生存问题面前，其他都不是问题。正因生存没问题，其他如安全问题、社交的问题、尊重的问题、价值实现的问题……牵着手都到而今的贫困村来缠人。正如古人所言，人无远虑，必有近忧。在蓝喆的记忆中，娘的忧虑就如家里的咸菜，哪天也没少过，且件件都冲儿子奔来。忧过吃，忧过穿、忧过学费、忧过工作、忧过儿子的身体、忧过儿子的婚姻，连儿子咸菜够不够吃都时常担忧。

娘少有的微笑也往往与儿子有关，儿子病好了、儿子考入镇上初中了、儿子进县城念高中了、儿子进省城读大学了、儿子有工作了、结婚了……每一次喜讯，宛如晨鸡报晓，唤来阳光布满娘的脸庞。可每次笑过后总有忧郁跟着，眼瞅着儿子一步步往上升，娘像看镇上过年的彩亭，既望他越高越好，又怕他随时倒下来。眼瞅着心也揪着，越是喜出望外越是莫名的惶恐。

蓝婆憋着自己的心思,前几年老伴在,再大的焦虑有他的笑脸托着。而今只有一只狗一群鸡在身旁,烦闷时,她会一把米一盆食连同焦虑孤独撂地上,任凭鸡啄狗啃。唯一能说上话的是下边院子当过教师的王大爷,还有他那痴呆的女人。儿子离婚的事最先跟他俩说。王老师没有安慰也没有冷眼,像是认定早就该来或本不该有。这也难怪,他们没离过婚,正儿八经也没结过婚,是离婚好还是结婚好,估计他们自个都未想好。

蓝喆正在屋里发呆,娘进来告诉他,王老师家来了个女老总,想请你过去陪陪。王老师家来客很稀罕,就跟过节样一年没几回,还多与教书有关。王老师祖籍在这儿,到他爷爷那辈就迁走了,父亲和他都是城里生城里长的。到他这儿,因乱说话被迁回原籍改造。干不了农活,好不容易有个代课的事做,还是村小老私塾先生让的贤。蓝喆就在他手上发蒙读书,也是他最得意的学生。后来听说给他落实了政策,回城后,找不到落脚处。父母死后,除了记忆啥都没留下。户口迁移手续捏在手上,可没法填写住址,待了一段时间,又鬼使神差回到乡下,跟一个傻子女学生过。女学生姓蓝,论辈分蓝喆该叫姑。傻姑用一身傻气款住王老师,一款就是几十年。这些事儿原在两人心里,后来被他变成诗歌,据说还要写自传,等傻姑腿病好了后就落笔。

蓝喆不止一次听父母叹气,那两个人啊,前世的冤家,这世来讨债。

客人是来扶贫的,面善,满脸笑意像是来乡下探望亲戚。与蓝喆见面时,俩人都愣了愣,感觉在哪见过?不是梦中,也不是前世,就在今生。那是一次在酒店的偶遇,都在寻人,蓝喆寻妻子,客人在寻丈夫。都想起来了,都不说,把眼神移开,话题牢牢贴在王老师家境上。

自称梅琪的客人坐在傻姑旁边,正打量忙碌的王老师,瘦高个,虽近七旬的人,仍身板硬朗,眉间透出书卷气。再看看傻姑,满脸懵懂正对她,两只手撑住条凳,两条腿像两根木棒撑着。梅琪凝神许久吐出两字:"福分"。

傻姑痴痴笑,跑,跑了。

梅琪欣喜,啥?你能跑了?

蓝喆是邻居,替她解释,不是跑了,是饱了!吃饱了的饱了。

能走几步了,王老师端醪糟蛋出来说。傻姑拦住不准他放碗,口里仍是跑,跑了。王老师笑傻姑,跑啥,跑还早哩。俯下身对她说,这是给客人的,我也有。转身又端出一碗,远远地给她看了看。

傻姑咧开嘴,嘿,嘿。

梅琪问，你不给她一碗？

王老师说，医生叫控制体重。你给她也不要，生怕吃了我不够。

梅琪望着王老师，你也有福分。

蓝喆感慨道，这"福分"也太稀罕了，怕是拿钱也无处买。竟忘了客人是来扶贫的老总。

客人不知多没多心？说，好福分是修来的，能用钱买就不是福分了。

蓝喆突然想起自己是来陪客的，露出歉意顺着梅琪的话说，梅总说笑了，她若福分好又不犯傻了。

王老师笑着说，傻人有傻福，坐着躺着都有政府照顾，要不是扶贫，遇上梅总你这样的好人，她这双腿就废了。蓝喆还专程赶回来看望，这福分也算不浅。

蓝喆为"专程"感到不适，赶紧解释，我在宕县扶贫，顺便回家看看。

听说蓝喆是从宕县专程赶回来的，梅琪长长"哦"了一声，似乎明白了啥，将蓝喆重新看了看，同那次的印象细细校对确认，眼角流出一丝惊讶，你也离了？话有点玄，一个"也"字从虚幻中生出，前面隐约有个人影相伴。

蓝喆心里同样"哦"了一声，算是见着了人影，突然心虚起来，含混说道，她找了套好房子，搬出去住几天。

那你呢？梅琪把关切从傻姑那儿匀了点过来。

我候着，万一天上会掉个啥下来。

蓝婆从灶屋出来打招呼，话说累了，该吃饭歇会儿。

食材是蓝喆家提来的，肉是老腊肉，菜是新鲜菜，配上五色五味的咸菜，满满一桌。梅琪要了一碟花椒面，夹一口咸菜蘸一点麻面赞一声香。傻姑面前搁一个空糖罐，撷一块咸菜在空罐里蘸一下，再刨一口饭，吃得津津有味。

夏莲和郝婆的贫困户资格又没定下来，范镇长和黄主任拔河斗劲。若在以往，弥勒和尚的布袋，人再多都装得下。可这次不行，扶贫验收是第三方评估，夏莲手续不全肯定通不过；而今实行群众评议一票否决，郝婆当贫困户需要批，当群众不用批，到时她这只手拢在袖口里不举起来，上下都麻烦。镇上何书记把这事托付给蓝喆，由他去确定和结对子帮扶。何书记最信服上面来的人有见识，有定力，城里美女见得多，不会受夏莲那点漂亮影响，无论定到谁，都会把范镇长和黄主任的嘴儿给封了。

蓝喆也拿不准。想了想，复杂的事儿干脆简单办。夏莲不就是缺申请嘛，替她补一张就是。郝婆那儿的事，就问他儿子一句话，养不养他娘？养，按月打钱来，脱贫就没她的事；不养，只要他说一句话，这边去门上贴扶贫责任卡，那边找个律师法律援助。

听说蓝喆要郝友的电话号码，郝婆、黄主任全把他当敌人对待，晓得也不说。范镇长一直说郝婆是装穷，较真得很，可真问他要电话号码找郝友质疑，他却舌头短了总说不清。蓝喆好生奇怪，这一个个做人咋的了？说到钱，尽都往里拱，说到有钱人尽都往外躲。蓝喆设法从镇上何书记那儿寻到一个电话号码，是郝友家里的座机，年前在省城里开乡友会，通讯录上第一个就是他。

大款都忙，成天要在官场情场商场里穿梭织网。蓝喆虽不在网上，是这"三场"里场场不在场的人，但晓得要与大款通电话还得会挑选时间。人家上班时间忙赚钱，下班时间忙应酬，难得有网外闲聊的机会。蓝喆拣个不怕得罪人的"夜半三更"，"嘟嘟"拨过去，通了，有声音传过来，"喂"，只这一声，蓝喆怔住了，手机差点掉下来。事先想到搅了梦郝大老板会生气，会发威，也想好了与他争辩的词，可万万没想到会是一个女人的娇音传来，而且声音是那样熟悉，熟得如同自己的五脏六腑，仿佛才从心里剜出去，又从伤口塞进来。蓝喆犹豫了，第一声"喂"，他没想好应与不应。第二声"喂"后面多了声"蓝喆吗？"他想好了，不应！第三声"喂"后，是一阵喘息声，你在哪？要不要我出来见你？不等他回话，女人在那头自顾自地诉说起来，我知道是你，没要钱后悔了吧！你到底没忘了我。我回去找过你几次，没了钥匙进不了门……

不消说，郝友肯定不在家，十有八九又哪儿鬼混去了。蓝喆胃里开了锅，像有一罐咸菜打翻，酸甜苦麻辣全齐了。自己的心尖肉，被人拿去做了凉拌菜，有恨有怜，还有一股心酸的感觉和一丝看笑话的敌意。他端起杯子喝了一口茶水，把翻上来的五味压下去，努力保持平静说，我来找郝友的，请你转告他，他亲生的娘要当贫困户，问他养不养？对方声音变轻了，喘息换成一口粗气，啥？他娘当贫困户？

同夏莲第一次见面，是在她家里。蓝喆和范镇长从郝婆家里过去，遇上她正提一篮鸡蛋出门。初看，夏莲身板同涂雅一样火辣性感，细看城乡差别出来了，饿出来的与累出来的到底不同。同样是女人如水，夏莲如同跌宕而来的山泉，哪怕摔成八瓣也叮当有声；涂雅是人见人爱的可乐，就算铁石沾上也风味缠绵。同样一双杏眼，一个饱含质朴，一个透出精明。蓝喆一番比较后，暗道，难怪范镇长、黄主任要拿夏莲漂亮说事。

夏莲请两位在堂屋坐下，转身去了灶屋。张婆婆听见客人说话，忙从里屋出来，见是镇长和先前来过的客人，晓得又是来催扶贫申请，朝灶屋看了看，搭话道，她就是倔，非得要争硬气。话里半是抱怨半是赞许。蓝喆问她，你的想法呢？张婆婆笑意顺着皱纹从眼角流向嘴角，嘿嘿，我格外有啥想法？人在难处，就指望有个人来拉扯一把。灶屋里夏莲喊了声，妈，你来一下。张婆婆的话转了个急弯，提高声音说，政府的钱给得再多，哪有自己挣的管得久。

见两个女主人相继进了灶屋，蓝喆似乎明白了啥，扯扯范镇长衣袖，朝里努努嘴，快去拦住，我们不在这里吃饮食。范镇长说，咦！农村这一套你也懂啊？蓝喆说，也是穷过来的，娘从小教我，人客到，揭锅灶。手往前一抬，快去！娘俩正作难呢。范镇长迟疑不动，这儿的规矩更大，饿死要待客，醉死要劝酒。蓝喆急了，你不去嗦？我走了！范镇长伸手按住，我去。

听说客人要走，张婆婆拢着围裙走到门前又停下了。夏莲催她，你快去做你的！然后，张开双手拦住，嫌穷舍，下次就别来！

范镇长回头看蓝喆。蓝喆突然想到，做啥来这儿？事还没说咋走了呀？自己先坐了下来。

很快，张婆婆回来了。路过蛋篮子，伸手取两个揣围裙里。夏莲瞧见，喊了声，娘。张婆婆停下来又取了两个，随夏莲进了灶屋。

很快，夏莲端来两碗醪糟，碗里卧两荷包蛋，兑上蜂蜜，热腾腾搁在两人面前。蓝喆瞧眼前景象，心里一热，仿佛回到家里，娘也是这样在旁笑看着自己，顿时一种亲切充盈，捏调羹的手一时竟凝住没动。一旁的夏莲还当是不合口，脸微微显红，急说，不好吃？要不换碗热面出来！

蓝喆回过神来，将碗按住生怕人抢去，忙说，就这好！俯下去啜了一口，咂咂嘴道，还是乡下味道舒服！抬头看看夏莲，眼神里漫出几分惬意。夏莲赶紧背过脸去，好不自在。

范镇长招呼夏莲坐下，拿出申请表，上面已密密麻麻填满，只差夏莲签字。夏莲微微一笑，吃了再说。

说话间，窗外来的阳光又慢慢踱出窗外。一只黑色的狗娘慵懒进来，胯下奶头吊着七八只小崽。是正宗的川东犬。早些年间，当地军阀引进世界名犬，后来流传到民间。这种犬贵在体形适中，稍大一点就在城市禁养之列，稍小一点又没了威猛气势，时下还有销路。夏莲喊了一声，娘，狗贩子几时来？里屋夏老头应道，是这两天，又降价啰。

蓝喆推开空碗，掏出手巾纸擦擦口角，问：一窝能卖多少钱？范镇长说，总有千把块吧！夏莲摸摸狗娘，前几年还多些，今年稍少点，有五六百元，足够大娃半学期的生活费了。

范镇长又把申请表展开，示意夏莲签字，省上的领导都来了，你还傲个啥？

夏莲起身将空碗收进去，取条布巾出来，将桌面抹干净，慢慢坐下来说，我孤儿寡母的，能傲个啥？

范镇长生气了，政府给钱你不要，不是傲是啥？

夏莲指指里屋，我爹在里面，当了一辈子五保户，你问他是啥滋味？烧香拜佛只求后人不再吃救济了。

范镇长说，谁没个三灾八难，领点救济也笑不了谁。

夏莲说，是没人笑，也没人看得起。

范镇长以为是村上干部有啥冲撞不敬的地方，厉声说，是谁？说出来我去收拾他！

夏莲嘴儿一撇，说了你也奈不何。前面湾里吴老幺家，好容易求人说了一门婚事，女方来相亲，看见门上的贫困户帖子，门都没进，掉头就走了。

蓝喆皱皱眉头，范镇长，你赶紧通知人把那帖子取了，别拿穷困去埋汰人。

范镇长有点不解，蓝书记，那是责任卡。摘了贫困帽子，做人才有面子。

蓝喆不以为然，就算贫困户是顶帽子，也只能戴头上，不能把人的脸面给遮没了。

夏莲说,我呢,也没啥面不面子的,但给再多的钱,我呢也不愿担这个贫困户的名。眼前不过是老的老了点,小的小了点儿,日子紧迫一些。

范镇长说,正因为你日子紧迫,大家才来帮你嘛。

夏莲既像回话又像自语,我这紧迫呀,谁也帮不了。老的,你不能帮他还小,小的你也不能帮他长大。

范镇长道,夏莲,你也别逞能。这好比挑担子,有人替你分担点,总要轻松些。

张家婆婆不知几时钻出来,听说有人要替夏莲分担困难,心里一紧,忍不住插上一句,夏莲担不起,还有我们老的呢。屋内传出几声劲道的咳嗽,算是夏老头的态度。

夏莲低下头,眼盯着胸前说,做人要讲良心,爹把我从阎王老爷那儿抱回来养大,我不能丢下他不管。当年大娃他爹不嫌弃我穷,连瘫痪老人一下接过来赡养,这情我没忘。他走了,他娘、他的儿女,我一个也不能丢下不管。一家五口人,四个包袱,谁来分担?有这样的人吗?

有还是有,镇上万老板不算吗?范镇长试探着问。

别给我提他,夏莲抬起头撇撇嘴,一年办两次婚事,结婚比赶场还勤。我穷得新鲜,饿得硬气,不讨那个贱!

几句话震得蓝喆头嗡嗡作响,他信服这"硬气"二字,当涂雅要替他偿还贷款时,他也是凭着"硬气"顶过来的!蓝喆低声却充满硬气止住范镇长,你说远了,我们是来扶贫不是来说媒的。

见蓝喆想偏了,范镇长赶紧申辩,我说的是政府要替她分担。转脸对夏莲说,这不是,蓝喆书记就是专门下来帮扶你的。人家来找你好几次了,你还不领情。

夏莲偷眼看了看,见蓝喆点头应允,脸上有些凄凉上来,说,好意我领了,只怕他自个都没想好,有了是非他后悔都来不及。

蓝喆笑了笑,夏妹子,你把我都说糊涂了,单位安排我来帮扶你,这有啥是非?

夏莲指指范镇长,你先问问他?再问问村上?别人且不说,你爱人晓得吗?

蓝喆顿了顿,我爱人?关她啥事?我现在是谁也管不了。"离婚"二字到了嘴边又咽了回去。

夏莲仍是不信,你还是换一家人帮扶吧,到时是非多了,你会后悔的。

蓝喆怕话说岔了,手在申请表上按了按,我说夏妹子,你呢不想麻烦人,这我理解,我呢,你也别担心。我们不为自己，总该为孩子想想。眼下正是他们长身体长知识的时候，总不能为你赌一口气误了他们？

夏莲眼里一丝苦楚现出，这是命，我当娘的尽力了。

蓝喆把申请表朝夏莲方向挪了挪，你没尽力！为孩子着想，你就该签了它。夏莲低头不语，许久，用手拭了拭眼角，突然抬起头来，用哀求的眼神看着蓝喆，你们不要再逼我了。我当娘的，咋不晓得自己孩子苦。细妹要个双肩书包，要了三年，我硬没给买，她哭一回我哭一回。大娃每月的生活费里从来没有菜钱，我不晓得他每天看着别人吃肉是咋熬过来的？家里缺钱不假，你们给再多，我都用得了，可孩子们会怎么想？钱可以这样轻轻松松到手，他们还会努力吗？别吃惯了低保救济，像村里那两个老儿童，打一辈子光棍逗人笑。穷日子难过，还有个盼头，后人没了骨气可毁了他一生。这可不是从前，穷就光荣，穷就体面。到时嫁女娶媳妇都没个好名声，人家会指指戳戳看不起。说到这竟啜泣起来。

范镇长仍是劝，你是这样想，可孩子呢？他们见你有钱不要，会咋想？

提到孩子，夏莲止住了哭，将散在脸上的几缕发丝往后一捋，似乎是孩子让她露了脸，孩子懂事，大娃上次跟我拍了手板，只要我不要救济，他就不要学校困难补助，要！就要奖学金。

　　临走时，蓝喆赊走了那篮鸡蛋，在不远处的小卖店里，把蛋钱连同张婆婆欠的醪糟钱给了店老板。

四　人心不古

贫富明里是一根线，暗里是一颗心。

自跟了郝友，涂雅如同落在了一个收藏家手里，被严严实实冰封起来。这样也好，少听一些闲言碎语，心净许多。心净是一种境界，须修炼而来，绝非嫁一个人就能获得，即使那人是佛祖也不成。她有个陪伴，一只叫青嘴的鸟儿，是郝友从一个朋友处换来的，用了一只纯种藏獒，特地去藏区花10万元买的。每天的鸟食要花上百元，还得美国进口。鸟儿很灵性，成天与涂雅没完没了的神侃。每当郝友回家，人未见面，鸟儿就欢叫起来，先生您好！先生您好！一声连一声。郝友进门先停在鸟笼前，与鸟儿攀谈尽兴后，才与涂雅见面。

郝友经常四处应酬，留下一个偌大的别墅供涂雅思考。从蓝喆到郝友，到底有哪些不同？看得见的差异太多，别墅与套房，宾利与大众，存款与贷款……

看不见的呢？名声，跌落了多少？在别人眼里肯定是千丈，小三、荡妇的骂名少不了。但骂名上不了台面，稍稍上档次的宴席上，这骂名经不住酒杯晃荡，三晃两晃出来就有夸人的滋味。哪来的小三，郝友是与姓梅的分手后才与涂雅好上的，纵有小三，那也只是别人。荡妇，不如说风骚更贴切。做一个"男人喜欢的女人"，与做"一个男人喜欢的女人"，全在各人的口味。激情性感是爱的枕头，涂雅曾就着枕头问过蓝喆，你喜欢女人风骚吗？蓝喆回了个假设，男人一觉醒来，若发觉身边的女人面无表情，那会是一种啥感觉？

这次分手，涂雅自觉对蓝喆伤害很深。曾想过补偿，或还贷、或给房给车，以涂雅对蓝喆的了解，真要那样，伤害更大。出门时，涂雅满怀歉意说声对不起！蓝喆回以淡淡一笑，该我说对不起，耽误你十年。涂雅说，早点找一个，别为我消沉。蓝喆的笑意更清淡，哪会呢？我会敲盆子庆贺一番。

女人离婚常后悔，寻前夫胡搅蛮缠的事时有传闻。涂雅不是那样的女子，她看准的目标会不管不顾直奔而去，再不会变的。说不变，是指起点和终点，至于中途嘛，涂雅是有权力变的。婚姻无论美满还是残缺，终归只是人生一段。离婚充其量是这一段人生的变调，另一段人生自有缘分安排。对象可变，而涂雅的婚姻情调没变，一丝一毫没变，依然是风流潇洒。人生苦短，必得缤彩纷呈，短短几十个春秋，何不潇洒走一回！方向没变，目标依旧，人生旅途中，涂雅只是换乘了一辆车。

涂雅不知何时从何处得知，自己是被郝友当作物品，用辆豪车与处长交换来的。涂雅听了一笑，就算是抢来的又何妨，总归是高价值。只要能当娘娘，怎样进的宫并不重要。

当娘娘得有娘娘的姿态，涂雅开始端架子，努力把庄重抬上双肩，把沉稳移到脚步，把威严灌注双眼。听信郝友的安排，再不抛头露面莺歌燕舞，潜心打理爱情的巢穴。过段日子，又感觉哪儿不对，好像与改嫁的初衷不合，长此以往，岂不成了银行看守金库的保安，珠宝店的柜台收银员。郝友的解答是半生不熟的，说你要想好，做个个男人喜欢的女人，那只会在个个男人手上转来转去，做一个男人喜欢的女人，才会有一个男人把你留下来。一动一静，你自个拿捏。

总该做点事吧，总不会让我与保姆去争家务做。郝友想都没想，一口回绝。有我在大风大浪中颠簸足够了，你给我站得远远的，别打湿了脚。说不定有那么一天，我没法干了，你不出来料理都不行。我还有个老娘在乡下，一辈子苦挣苦磨，没事你多关心关心她。

涂雅似懂非懂,但有一点是明白的,那就是得认了,否则"出宫"去。

自那次与蓝喆通了电话后,涂雅心里怪怪的一种感觉,饭菜端上桌就腻了,总是想吃咸菜,国外的品牌买齐了,没一样对口味,眼前老是那个盖子上有豁口的土陶罐在晃。几次拿起电话找蓝喆,可通了又不知说啥,口里只有一句话,我不想你,我只想你那个咸菜罐。可这话又说不出口,自己都不知是啥意思,弄得电话那头直骂神经病。

终于有天想出一个理由,那就是郝友的娘争当贫困户的事,涂雅需要把郝友的态度告诉蓝喆。郝友说了,天要下雨,娘要嫁人,自古以来没法管,由老人家闹去。完了,涂雅好奇地问蓝喆,你还在扶贫哪?蓝喆啊了一声。涂雅忍不住笑,你都不是富人,你咋帮别人致富?蓝喆回道,穷人跟穷人才亲,帮多帮少都是一份情,总比亲娘都不管的好。

受专业影响,蓝喆崇尚自然。前几日还为人心不古与镇上书记差点杠上,说是差点,就差脸红的成色够不上关公。还是那两个贫困户认定的事。范镇长提到夏莲,非要确认上册,何书记要申请表,两人争执不下,都拿眼睛望着省上来的蓝喆。

蓝喆因见庄周的次数多了，鬼火冒，认定这两个人吃饱了撑的。一个书记好歹也是读了大学的，咋不知"嗟来之食"的典故？给人帮扶，非得要人家开口讨要，还要立字为据，贴在门上，这不是羞辱人家吗？这当镇长的也是，夏莲的态度你不会不知道，成天不是去说媒，就是去催申请表，跟一个寡妇扭着来有意思吗？

当然，这些话只能私下里单独讲。蓝喆对两人不讨好只讨教。他请教书记，你那申请表是灵符不是？画了肯定解决问题？他请教镇长，不逼夏莲行不？书记镇长没碰面，回答却一致，依你的，定还是不定？蓝喆见两人没转过弯，觉得是脑子堵了，要捅一捅，看事论人不是看老电影，非黑即白。世界五彩缤纷，很多时候是非黑非白……

这些话传到村上黄主任耳中，很为镇领导着急，秀才讲理，树上长米。他没书记镇长的耐烦心，直接找蓝喆叫板，喂！蓝第一（省了书记），你留点口水养牙齿行不？废话莫说那么多，一切依你的，不要申请，不要群众评议，也不贴责任卡，啥不要都行，就郝婆和夏莲，你做个样子我们看看。算贫困户，你就帮扶她们脱贫过关；不算贫困户，你也搁平她们莫说二话。

后来的责任书没这样写，意思是一样，两户人交给蓝喆，咋整由你，必须保证上面认可，下面服气。

别人咋讲不要紧，蓝喆心里很踏实。从来认为贫富明里是一根线，暗里是一颗心。讨口三年不当官，皇帝老倌缺钱用，全看心在哪？娘至今不进城，就因城里无事做，你说是享福她却闲得憋屈。自己小时也苦过，较之那时，而今有啥苦可言。蓝喆仍是处变不惊，扶贫不是喊操那样容易，一个口令就转过来。一切得顺其自然，郝婆呢让她自然地"穷"，夏莲呢让她自然地"富"，自个呢，稍等等，等过了那个节点一切都会变。那个节点在哪？蓝喆不清楚，正用心寻找，但他坚信有，而且相遇不会久远。

昨晚又遇见庄子，自打离婚后蓝喆老是遇见他。也想鼓盆而歌，盆也响过，人也想过，可至今也没想（响）到一起。每次读到那一节，蓝喆总是隔着千年时空对老先生说，你真是个半仙，妻子离开了亏你还笑得出来。你若是人，就不该鼓盆而歌。你若是仙，就不该试妻逼死她。世上哪有这种事？假的！假的！可而今的事实又做出相反证明，老祖宗的学说还时时灵验着呢，当下的好多男人成了庄周，妻子离开了高兴得唱大戏，妻子没事偏要搞点"情感钓鱼"，试出了事真钓出了"王八"又后悔。由此，蓝喆又很崇敬庄老先生。涂雅离开后自己久久不能释怀，较之鼓盆而歌那境界差距，如十八层阎王殿和三十三重天的兜率宫。

这差距哪来的？蓝喆时常在想，三十三重天，庄子是半仙可以飘上去。地狱十八层，自己纵然要下去也得有手段才行。倒是眼前这村办公室实在，白天有几位村干部来逛逛，聊几句再离去。晚上只有蓝喆守庙，清净，自在，夜色纯得如墨玉，空气鲜得吸进去不愿吐出来，恰是思考的好处所。尤其是清晨，露珠在叶尖晃悠，鸟叫得清脆，四处走去，那个惬意，那个爽，不亚于金榜题名洞房花烛。

这天走得远点，不经意间竟到了夏莲的院子门边。那只狗娘摇头摆尾跑来，脚前脚后纠缠。狗崽不见了，大约是卖了个好价钱，主人定是给了奖赏，这狗娘才会高兴顺从。由狗娘引着，不觉进了院子，见大娃盯着桌子发呆，细妹握把菜叶正放鸡鸭出圈。见蓝喆进来，细妹嘟起嘴大喊，我们不当贫困户，你回去！大娃回过神来，看清是蓝喆，冷冷地说，我娘不在家，说完回过头去继续发呆。蓝喆没介意，不紧不慢迈进屋。张婆婆闻声从里屋出来，勉强笑着招呼，蓝书记，有事吗？蓝喆漫不经心回道，没事，早上随便走走。张婆婆说，没事就好。里面有病人，我不陪你了。话完又进去了。

蓝喆一双眼睛四处闲看，最后落在桌上，一张考卷，几道红叉，把大娃眼睛死死勾住。蓝喆扫了一眼卷面，是初中几何题，又瞅瞅旁边草稿，不由得皱紧眉头，微微摆了摆头说，错了。声音虽小，却像银针灸到穴位，大娃头一下抬起，看看蓝喆，满是疑惑。

蓝喆弯下腰，取过笔来，在草稿上轻轻地划一条直线，两头标上字母，说，辅助线该添在这儿。

大娃重新低下头，仔细看了看，不好意思笑了，口气变暖，伸手挪了挪条凳，说，蓝叔叔，你坐。没等蓝喆坐稳，大娃将考卷移过来，上面几条红叉张牙舞爪的。蓝喆偏过身子，用笔讲给大娃听，慢慢地将那红叉理顺扳正……

张婆婆端了碗醪糟出来，很是过意不去，边走边抱怨，这夏莲卖蛋像抢人家的样，一个不留，端碗白醪糟出来，让人脸都没处放。大娃忙将考卷掩起，腾出放脸的位子，直催蓝叔叔吃了再讲。

细妹将头托在桌沿上，好奇地问蓝喆，你是老师吗？蓝喆摇摇头。又问，你家里有中学生吗？仍是摇头。又问，有小学生吗？蓝喆见细妹一脸萌态，也觉好玩，放下碗说，蓝叔叔家没有孩子。细妹更觉奇了，那你咋懂大娃哥的题呢？蓝喆差点喷出来，咳了又咳，终于压住说，蓝叔叔学过，别说初中，连高中、大学的题都懂，知道吗？细妹点点头，似乎全明白了，你啥都懂，难怪没有娃！

际遇 129

见蓝喆愣住了，一旁的张婆婆赶紧赔礼，千万要蓝喆别多心，小娃娃不懂事乱说，还得怪她爹嘴贱，生前常吼他娘，你啥都不懂，就会生娃娃。

梅琪与蓝喆再次见面了。梅琪很觉蹊跷，每次去王老师家总能碰上他，这种邂逅中含有几分怪异之外的缘分。同样的疑惑也在蓝喆心里滋长，多次的偶然中定有必然在那。王老师说娘哭坟，自己忍不住问过，娘说，想与你爹摆几句，让他经心点，早点送个孙子过来。蓝喆笑问娘，爹答应了吗？娘生气了，你这里单身一个，送来搁哪？搁你肚子里呀？

蓝喆眉头碰了碰，认定娘看中了姓梅的肚子。若真要孩子，也不能只看肚子。肚子里不仅仅是装孩子，还有花花肠子在。涂雅就因花花肠子多了，没空处装孩子。就算真有先人送子这事，需要一个安顿孩子的住处，也得精心挑选，决不能拿一个"凶宅"去犯险。大约是蛇咬后怕井绳，蓝喆见了离婚的女人就恶心，总觉眼前一片淫黄，尤其是有钱的女人又离了婚，譬如姓梅的，与之接触更得小心点，生怕粘上甩不掉。

梅琪心里也有一个结，老把离婚男人归为郝友一伙，咋看都色迷迷的。当弄明白蓝喆脸上的"色斑"是涂雅"踹"的，怜悯之上更添怨恨，一个男人竟窝囊到这等地步，任由老婆祸害了自家又祸害人家。自己今天的家庭破裂，皆因这个男人的纵容而致。见到蓝喆躲闪的眼神，只当他是愧疚，越发轻蔑，双眼皮耷拉成单眼皮。

俩人几次会面，会过眼神却没会过意。这令蓝婆很失望，又到亡夫坟前，细细哭诉，老头子吔，你要是再不管，这段姻缘就会散了哟……

五　唯情痴傻

　　问她去做啥，她嘿嘿傻笑，说去听老师打呼噜，老师的鼾声好听。

　　莲花开了，从碧绿的荷叶缝里冒出，头昂起，脸袒露，少女般的红晕从花梗慢慢聚到花沿，如抹了口红，在蛙声中笑意飞扬。

　　细妹考到全班第20名，喜鹊样飞回家报喜。就在进门的霎那间，大娃超过了她。夏莲将成绩单拿在手里，感觉比以往厚重多了，在脸上招了招，一股清爽扑面，行啊！儿子，娘今晚给你煎蛋吃。

　　大娃将煎蛋夹给细妹碗里，将好字搁在蓝喆头上，全靠蓝叔叔辅导。这暑假里他能天天来就好了。

张婆婆笑孙子不懂事，凭啥他要来？人家来扶贫的，你又不是贫困户。完了，还悄悄看了夏莲一眼。

细妹不喜欢大娃哥超过了她，都怨蓝叔叔帮忙，于是大声嚷道，不要蓝叔叔来！不当贫困户！

大娃扬起筷子正要敲打，突然想起跟娘击过掌，又放下筷子，无助地埋下头去喝稀饭。

夏莲没吭声，闷了一会儿，放下筷子独自回屋去，直到兄妹睡下了，也没出来。张婆婆路过时，停下脚步听了听，里面有低微的抽泣声，不便进去，隔着门劝慰道，你想开些，当就当呗，只要不贴门上就行。

夏莲想想哭，哭哭想，怨只怨张婆婆把话挑明了。过去几周里，自己没当贫困户，蓝书记一到周末照样来辅导大娃。原本想暑假里，蓝书记不来，大娃去他那里也行。可婆婆的话说得就那样明白，人家是来扶贫的，不是来教书的。提醒自己，所有人都晓得你不是贫困户，他扶贫的天天来改娃娃作业算啥？听说他还是一个单身，遇上多心的人看见咋个分辩？自己倒没啥，为了儿女受点委屈也就算了，可凭空污了人家清白，误了前程可不应该。无论蓝书记来还是不来，这个贫困户都得当。来，当了才会有理由，不来，当了也不让他为难。难得他大老远来好心帮你,你却让人家完不成任务,灰头土脸回去,说啥也不应该。

那就当吧!已当了几十年的五保户,再多当几年又何妨!可对孩子咋改口?骨气呀!硬气呀!都自个说的,两个娃娃没为此少挨骂。可现在自个要改,说是为了蓝书记,那不羞死人。说为了大娃,好像也讲不通。当初万老板主动提出送大娃去城里读书,自己一口回绝,为此还跺着脚骂了范镇长。现在咋变了呢?村上干部面前咋说?婆婆面前咋说?儿女不开口,可心里会不会想,当娘的到底是为后人考虑,还是为自己考虑?

就算为自己考虑,也得考虑周全。人家是啥?自己是啥?摆明不可能的事,何苦去自讨一场气恼。两个过来人,一来二去,蓝书记会怎样想?先别说他,就自己能把持住吗?到时候扶贫期满,他两脚一迈走了,留下闲话让人耻笑,以后儿女咋抬头?

可不当贫困户,心里又过不去……

第二天早上,夏莲把范镇长留下的申请表找出来,将上面的脱贫计划几笔删掉,在下面添了几句,只当贫困户,不要救济,签上名,在必经之路静候。等蓝喆散步过来,把申请表递上,二话没说,转身就走。

河里的月儿沉下去又浮起来，在疑虑中踟躇而行。月光下，村南边一个旧院子露出倦怠，窗户上两个人影如同窗花凝贴。

乡下嘎哒话弄得懂咯？郝婆问第一次见面的涂雅。

涂雅木然地摇摇头。

郝婆估计自己这外省腔夹本地土话她听不懂，把话放慢，手开始比划：你咋咯找到这儿咯？

涂雅似乎懂了：问了好几个人才找到的。

涂雅的话好懂，郝婆感觉像听电视广播样。再慢一点问：啥事？你说咯。

涂雅拿出一扎钱，恭恭敬敬奉上，说：我给你送生活费来了。

郝婆瞥了瞥钱，略显紧张：那郝友咯？从来都是儿子亲自送钱回来，今个突然换人？

涂雅回道：他忙着呢。

他人在哪咯？郝婆脸色变得晦暗，呼吸稍显急促。

涂雅愣了，不知她怎么急成这样？回道，他在公司好好的。

我不信，你把他打出来咯，我这咯有话跟他说咯。

他事多，不打搅他行吗？

他到底咋咯哪？你得说实话咯！

涂雅为难了，专为那夜电话私自来的，不想惊动郝友。父母当贫困户，无论谁做子女，脸上都挂不住。郝友不管她得管。瞒着郝友送钱来，只图断了老人当贫困户的念想，既为郝友挽回面子，也替蓝喆解了难。只道是件小事，哪知老人像大祸临头一样，闹着非见儿子不可。若是郝友愿管还用得着我来这里？想起郝友说过总有一天会让自己管事的，还说过，若有一天他走不了，要自己千万别忘了照看乡下的老娘。一直当闲话听，没想今天用得上，见就见吧！一排号码按过去，对方忙，再来一次，仍是忙。

郝婆愈发紧张，一把夺过手机，手指动了动，不知按哪？又还给涂雅。再按几次，人终于出来了。涂雅才说声郝友吗？手机就被郝婆抢去，儿子咯！你没事咯？急死娘咯！……娘俩唧唧喳喳好一阵亲热。

手机好容易回到涂雅手上，郝友劈头一阵乱棒打来，你想干啥？想吓死我娘啊？涂雅感到恶心，好歹我也是替你尽孝道，不记恩倒成仇了？郝友知她是为娘当贫困户的事，声调降下来，仍少不了埋怨，孝顺孝顺，顺了就好，亏你上过大学的，还不懂这个理？涂雅知道的理更多，幸好我上过大学，还知道"阿曲顺从，陷亲不义"才是大不孝！郝友又降降声调，你孝？"不孝有三，无后为大。"你孝咋不生一个出来？涂雅冷笑一声，我倒想生，只怕生下来你不要！郝友彻底没了脾气，好了，好了，你把钱给娘，早点回来。涂雅睨了郝婆一眼，大声说，人家不要。郝友小声道，你小声点行不？你给少了！涂雅吓了一跳，五千还嫌少？没好气问，她要多少？郝友道，你身上有多少给多少。涂雅赌气说，我身上有好几万，都给她？郝友连声道，都给，都给。涂雅也不管郝婆就在旁边，气呼呼地问，她手机电视都没有，用得了吗？郝友仍是连声回道，用得了，用得了。你是不知道，再多她都用得了。婆家娘家、亲戚朋友、讨口的、化缘的、做生意的、卖保健的、当面哄的、电话骗的都盯着她那几个钱。她真要当了贫困户那才好，没了这些人纠缠，老娘清净我才清净。

得知王老师出事的消息，蓝喆急急赶往医院。见面医生就对他讲，幸好你妈没傻等救护车，再晚点你爹就没命了。没计较医生的误会，蓝婆不停地点头，那是那是，全靠傻姑。我还没来及关门，她背着人已上了公路，一口气跑了四五里，把人送上救护车后，她抱着腿在地下痛得打滚。蓝婆擦擦眼角，你说她傻？她咋没跑错方向？

王老师已恢复了神智，只是身软无力。他只记得早上抱柴火时手被咬了一口，一条黑影瞬间消失。他赶紧叫傻姑去喊蓝婆。等蓝婆恍恍惚惚来到时，他已说不出话了。说到傻姑，他打起精神问，她在哪？

　　蓝婆回道，没敢让她来，怕她傻闹。

　　王老师用微弱的声音说，不急没事，就怕她急了。

　　本该多住几天，可担心傻姑一个人在家，王老师挥着第二天出了院。回到乡里已是下午，听见人声，鸡鸭都围过来，叽叽喳喳讨食吃。蓝婆抱怨傻姑到底不顶用，不知到哪发呆去了。王老师脸色瞬间变了，不好，傻妹出事了！她从来是自己不吃都不会忘了喂鸡鸭的。蓝喆呼叫傻姑，快步推门进屋。大家惊呆了，堂屋撒满柴火，正中一条死蛇僵硬横在地上，头被砸得稀烂。进得里屋，傻姑一脸得意躺在床前，紧握拳头，发肿的手背满是血污，身已僵硬。一只竹篮偏倒在身旁，玉米从篮里流出。王老师一下瘫在地上，嘶喊起来，傻妹子啊！你去报啥仇哇！你真傻呀！

　　傻姑出殡那天，梅琪来了，花费不小。最令她动情的是傻姑的惨烈！她要出资为这份真性情立碑。碑文理应由王老师撰写，可几天的劳累，耗尽心力，加之怄气，颗米未进，终于卧床不起。三番两次让人扶起，到底支撑不住，一个整天没落下一个字。请蓝喆代拟，思虑再三，竟也无从下笔。

梅琪感到奇了怪了，一个情痴到傻样，石头也会感化的真人真事，咋会无字可写？王老师病弱无力可理解，你蓝喆专门吃笔墨饭的人，摇头晃脑的几笔书写有啥困难？莫非触到伤痛处，因愧疚忏悔无法下笔。真是那样，算他良知未泯，憋死他也无益。梅琪找到王老师商量，进城另请高人。王老师摇摇头，把蓝婆蓝喆叫来，说，我想来想去，不能昧着良心骗她，就用我给她取的名字感她恩吧！

几天后，一块黑色墓碑立在坟前，上面刻着：恩人蓝玉洁之墓。

梅琪要回城里，临走时，蓝婆送她一坛泡菜，晓得你爱吃麻味，我花椒面加得多，并再三叮嘱，千万沾不得生水，沾上要生霉的。

蓝喆要去宕县，搭梅琪的车去镇上转车。到岔路口该分手了，蓝喆把手伸过去告别。梅琪扶住方向盘没动，想想说，慌啥？我也去宕县。

车子在无言中行驶，两旁的农舍、庄稼如疑问、念头一闪而过。到底有耐不住寂寞的，梅琪看似漫不经心地问道，傻姑年轻时漂亮不？蓝喆潜水样在记忆中打捞出印象来，一个傻子，长相不强，又不打扮，能漂亮到哪去？梅琪依然风轻云淡道，若是傻姑漂亮，碑文还会那样写吗？蓝喆将眉头碰了碰，很严肃回道，很难说，可能是傻妻，可能是伴侣，也可能还是恩人。梅琪还是搞不明白，傻姑将命都搭上了，咋还换不来一个爱字呢？不等回答，自己又感叹道，男人，终归是男人，没有不贪色的。蓝喆回答自然，爱美之心，人皆有之，女人也一样。梅琪松松油门，车和声调更加平缓，还是不一样，女人重才，男人重貌。你和你傻姑，就是例子。蓝喆露出一丝苦笑，你是没见过我老师年轻时的英俊，也忘了我那前届模样不差。提到前届，车子微微一震，很快回过神来，梅琪想起蓝婆说她爱吃麻味的话，打了个抿笑，说，也许傻姑是个例外，你老师肯定不是。蓝喆好无奈，你是不了解我老师。

  照蓝喆说来，傻姑真还算不上老师的爱妻。

  那年，老师来改造时，傻姑刚满学龄，等到老师代课了，傻姑已过十岁。一个傻女孩，家里不愿花钱，没送她上学，连名字也没舍得给她取一个。是老师动员她来免费旁听，给取了碑上的名字。六年小学毕业，傻姑已成了大姑娘。

  姑娘大了娘操心，没人来给傻姑提亲。托人好容易找了户人家，对方也是个残疾人。可到了迎亲的日子，傻姑死活不肯去，生生的把这桩婚事给搅黄了。后来，见了上年纪的女人到家里来，傻姑就拿笤帚撵人，弄得再没人敢来提亲。

那年秋收，老师的寝室隔壁是生产队的保管室，稻谷围上屋顶。一天半夜，突然围席散了，压垮了篾席壁子，一山稻谷将熟睡中的老师连同被盖枕头一起埋了。谁也没料到，傻姑就在门外，将老师生拉活拽出来，老师已憋得脸色通红，再晚点非憋死无疑。事后大家议论，深更半夜，傻姑咋恰好就在现场？难免生出许多闲话。那时傻姑的娘还在，被迫说了实话，那傻女娃子着了魔，天天晚上家人睡熟后，她一个人就到学校去，在王老师寝室外面傻坐。当娘的晓得后，拦也拦不住，劝也劝不回。问她去做啥，她嘿嘿傻笑，说去听老师打呼噜，老师的鼾声好听。

事摆明后，家里人索性不管了，心里就想王老师感恩把傻姑娶了。可只有傻子才会娶傻子，虽说老师对傻姑感激礼敬，可婚事却半句松口话也没有。傻姑每晚照样来，老师索性大开房门，任由傻姑进出。

过了几年，老师落实了政策回到城里，在一所小学里做临工。神仙也料不到，傻姑蓬头垢面像个叫花子样寻去了。很让老师哭笑不得，这是救命恩人啊，只得请人给她梳洗后，亲自送回去。三番五次地折腾，学校不干了，直接把老师给辞了。老师干脆躲到邻县去。不久傻姑不见了，听人说被人贩子卖到了外省,老师赶紧代她家里人去报了案,案破后又随解救的人一起去接回来。傻姑吓怕了,再不离老师一步。老师只得又回到乡下来代课,两人就相伴到现在。一直没孩子,有那好事的嫂子,私下里开导她房事,一提起傻姑就紧张,边比划边嗡嗡哭,估计在外省吓坏了。

　　蓝喆说完了问梅琪,你说说,碑文该咋写?

六　骨气

"摘掉贫困帽子，为人才有面子。"

立秋没下雨，按老说法，还得晒二十四个秋老汉。果真到新学年开始，雨还悬在天上。闷热天气催生闷热情绪，夏莲全家如一个蒸笼盖住，捂着捂着四周就冒气了。

先是细妹哭着从学校回来。暑假中，细妹的心情一直很阳光，在作业里，细妹略带几分炫耀地写道，我家也是贫困户了！可以领慰问品了。娘先是坚决不当，后因蓝叔叔辅导大娃哥，娘终于同意当了，我也有希望收到双肩包了……言真意切，尽管错别字不少，老师还是拿在班上讲评。同村有两同学愤愤然，质疑细妹撒谎，一个说，我家也是贫困户，只领了米油肉,就没有双肩包。另一个说,细妹的娘不当贫困户是假的,申请表是她娘亲自送到镇上的。为此争吵起来,二对一,细妹哭着回了家。

接下来的是张婆婆。原来与郝婆好,夏莲递申请的事,张婆婆说给郝婆听。郝婆说,你看紧点嘛,警防人飞了,老的小的丢给你哟。张婆婆信心满满的,我家夏莲不是那种人,要跑早跑了。郝婆提醒道,过去是没遇上合适的,现在这个多好,常在你家走,你还看不出来呀?张婆婆还是不信,问郝婆听到啥了?郝婆一脸惊讶,你家夏莲过去咋样?提到贫困户三个字,鼻子都皱得紧紧的,见我说穷,都没个好脸色。而今自己送申请上门去,啥意思?也只有你装作不晓得。张婆婆生气了,我咋不晓得!那是为了大娃。郝婆说上劲了,为大娃?万老板包大娃上大学,她咋不答应?这话伤心,张婆婆一口气憋不住,呸!原来是你这个老妖精使坏,你以为都跟你一样的……

没隔几天,大娃从学校鼻青脸肿回来。上学期退困难补助金,受到学校表扬,很让人敬佩,接下来成绩又嗖嗖上升,成了老师嘴里少不了的典范,让那些领了补助,成绩又差的同学脸上挂不住了。哪知镇上贫困户优待名单送到学校,大娃家赫然其中。怪话来了,来自东南西北,假正经谁没见过?但假到这程度，还从没见过。大娃忍了，权当没听见。可上周末一个同学回家，因成绩差挨揍了，当爹的边揍边拿大娃作例子。那同学窝了一口气回学校，见到大娃没说三句话，就给他一拳头。大娃肚里的气也蓄得满满的，正缺发泄处，结果气出了，脸肿了。

最后，夏莲又在大坡上和人发生了抓扯。

石家梁村张家坪后面的大山坡上是成片枫林，每年枫树叶红的时候，层林尽染，漫山红遍，高峰时，摄友驴友文友旅友连成线来，漫山遍野精灵样飘逸。

村上组织了十多人巡山堵卡，黄主任则在要道口横一根杉木杆子挡道，进山五十元见面礼，谁也不饶。钱收了，祸事也来了。去年，出了垃圾遍山，游人摔伤，天价宰客的事。县上来了巡视组，提了几十条整改意见。黄主任这才知道那五十元烫手。蓝喆请来专家会诊，规划了观景亭，山间茅舍，盘山路，护栏，公厕等，由镇上督促，逐一落实。尤其对卖天价大碗茶的村民，出了重手，黄主任的小舅子山牯牛也照罚不误。

镇里还采纳蓝喆的建议，添设摊点，好的位置优先安排贫困户。夏莲定在鹰嘴岩旁边。这儿本身是处景观，又可拍摄对面枫叶红遍的全景，尤其是拍摄枫林晨韵，还非得此处才行。一直是山牯牛在这经营，而今被夏莲抓阄抓中了。

际遇 145

抓扯就在第一天发生，说来没人信，从未与外人说过重话的夏莲，出手就给一个体壮如牛的山牯牛两耳光。声音很响亮，全村都听见了。

全村没人相信夏莲会打人，更没人相信挨打的是山牯牛。据现场的人说，夏莲当时像发疯样，抄起一根竹棒，拼命似的挥舞。俗话说，女的怕男的，男的怕壮的，壮的怕横的，横的怕不要命的。

事后夏莲自己也说不清楚，当时为啥要同山牯牛拼命？不就是一个招牌嘛？几根木条一块层板钉成，上面写着贫困户摊位某某号。这原是为确定位置，便于抓阄确认的牌子，夏莲嫌它埋汰人，竖个穷招牌做生意，跟讨要似的，咋看都不顺眼。可扔了又可惜，用一张纸遮了，写上食品加热，仍立在摊位前。恰逢山牯牛上来收招牌，东瞅西瞅找不着。问夏莲，没理他，心里窝火。瞅着加热牌子眼熟，一把撕开，露出贫困户几个字。没等他发火，夏莲先急了，山牯牛，你个土匪生的！我第一天做生意，你就来掀摊子，是不是瞧我孤儿寡母好欺负哟？上前要讨说法。这地方原是山牯牛生财的地盘，被蓝喆一句话就换了，满肚子气正找发泄处，见夏莲来说理，有意作践她几句，这招牌是村上制的，我姐夫派我来收回去，你要可以，不能改字，就这样竖着，就算跟你立个牌坊。夏莲也不让人，你这烂牌子我还不稀罕，你把我的告示撕了，要赔我。山牯牛冷笑一声，我赔你啥？你写的吗？夏莲急了，不是我写的，是我请蓝书记写的。山牯牛听她提到姓蓝的就是气，话也不忌生冷了，你请的，你给了多少钱？夏莲理直气壮，没给钱，人家扶贫。山牯牛"唔"了一声，阴阳怪气地说，那他给了你多少钱呢？

就为这句话，没等山牯牛话落脚，脸上已挨了两耳光，不容山牯牛回神，夏莲又抄起挑货的竹棒，兜头一棒下去……

争斗在村办公室继续进行，黄主任当着范镇长的面拍桌子，这工作没法干了，打狗还得看个主人。山牯牛好歹是村上派去的，这耳光分明是朝我打来的。这事必须弄清楚，这个婆娘哪来恁大的担子？背后是哪个在唆使？从他脸的朝向，众人都知道他说的谁。

黄主任的气憋了好久，一个村主任当得好好的，东呼西唤正得意，突然下来个啥都不懂的酸秀才当第一书记，脖子上骑个人的滋味不好受。往日里我话一完，手在桌上一拍，就这样定了，干！而今不行了，开口之前先得看姓蓝的头咋动？若是上下动，自己才敢说话，若是左右晃，那还得闭上嘴儿忍住。几十年的村干部经验告诉自己，能不能干下去，全在上面当头的一句话。为这一句话听起来悦耳，我没少花功夫。不仅公事上要吃透，是真做还是假做，是大做还是小做，分寸火候把控到位。私事上更要贴心，头儿脾性爱好要了解，逢年过节的脚步要走到，尽量做到公事别出漏子，私事别空位子。领导的成绩失误次次有我，领导的红白喜事回回不少。全凭靠这些，我才风风雨雨度过来了。

可眼下气候变了，八项规定，酒杯端错了都要下课，这可是从来没有的事儿。更要命的，村上多了个外人，而且是躲不开，离不了的，只知啃书本的第一书记，动不动搬一些他一个人认识的古人、死人来教训人。啥孔子，老子，庄子……一大堆，我只觉得老子有点好懂，可又与家里当父亲的老子不同，不仅是老子的老子都数不过来的老子，还是全中国的老子，就这些人说的话能管用？

黄主任想起蓝喆说的那些话就是气，贫困户不要申请，亏他想得出来，一窝蜂都来要，岂不乱了套？"啪"，又是一巴掌拍下去！

见黄主任仍在那儿闹，范镇长知道是闹给蓝喆看，但蓝喆看了还是看了，屁作用不起。就眼下的扶贫，自己也有搞不懂的地方，贫困户该帮扶没问题，但贫困户脱不了贫要追究帮扶者的责任，就有点不好理解。对山牯牛挨打，也觉得夏莲过分了，自己与黄主任的感觉有些相同，也觉得与以前的扶贫不同，贫困户的脾气大了。给了再多的钱物，领取者感激话少多了，更别说呼万岁，好像一切都是理所当然，给的该给，收的该收，难得有句好听的话送你。自己与黄主任不同的地方，黄主任把第一书记看作外人，看作是权力的竞争者，而自己把第一书记看作是同路人，是责任共担者。

"啪"黄主任又是一巴掌拍在桌上，我不干了，这气也受够了，反正能说会道的人多的是，不缺我们这些黄泥巴脚杆，牛老了，也该卸磨了。

范镇长觉得是时候了，闹过头了会收不了场。把手往桌上一拍，啪！远比黄主任的响声大，你个卵子，还有没有个完？你那个舅子，五大三粗一个男人，让个女人给收拾了，好意思来投人说。这屁大个事你就撂挑子不干，你撂给谁看？口口声声黄泥巴脚杆，咋的啦？你黄泥巴脚杆就狠些？就多长两匹肋巴骨？你可以不干，把辞职申请写来，把账给我交结清楚，这村上少了一根草，老子都要你脱层皮来还。

黄主任见范镇长发威了，人一下缩了半尺，声调低了八度，小声道，有些贫困户太难伺候了，好像穷了就是爹，我们成孙子了，低声下气还讨不到好。

蓝喆只是听，压根就没往自己身上想。没想到夏莲会打人，想到了也没啥关系，多大个事儿，乡下人打打骂骂太正常。只是听了黄主任和范镇长的话有点憋不住，对贫困户的看法要不得，没听见不说，听见了就有责任，是得要帮助帮助这两位大爷。

他起身到一幅标语前，像欣赏一幅书法名作，头偏过去偏过来仔细琢磨，好一会，问，谁写的？不知是夸还是损，没人回话。他又补了一句，太好了！听见夸奖，作者黄主任自然得意，赶紧答道，我，字写得孬，见笑了。蓝喆回到座位上，字不敢恭维，但内容精妙。你看，"摘掉贫困帽子，为人才有面子"，多妙！仰望星空，衔接地气，多妙！回头问黄主任，你怎么想到的？黄主任忽然知道了谦虚，来不及细想，也没啥，就一句土话。佛争一炷香，人争一口气，人不能没脸没皮活着。范镇长笑笑，一句激励话，我也看不出多精妙？蓝喆不信，你们写的，你们会不懂？不等回答，咂一下舌，啧，面子！我咋没想到呢？面子不就是人的尊严嘛，人穷，没有面子就没有尊严，娶不了媳妇、谈不成生意、见人矮三分。饿了，有人给碗饭吃，就得磕头致谢；冷了，有人给件衣服，就得说人好话。不能又穷又硬，是不是？

俩人齐声说，对！对！

蓝喆深有感慨，就拿夏莲来说，穷是你家的事，与别人没关系。有人来帮扶你，你就得千恩万谢，感激不尽才是，可你倒好，反而打起人来，是太过分了。

范镇长颔首称是。黄主任激动了，对头！我说蓝书记（省了第一）是有大学问的人，不会袒护那个不讲理的蛮婆娘。

蓝喆继续说，应该跟夏莲说说，多向我们黄主任学学。我们石家梁村是贫困村，黄主任多没面子呀，到了镇上，那是走路让路，坐席让席，要钱要物跟讨似的，求爹爹告奶奶，说不尽的好话。

没等蓝喆说完，范镇长插话了，黄主任，你说过好话吗？见面打招呼，答应你慢了点，你都会跳起八丈高。夏莲就是向你学的！又穷又硬！

黄主任声音虽小，底气还是足，国家点名给的款，又不是你给的，凭啥给你说好话。

范镇长说，你也晓得是国家给的！你不是才抱怨夏莲没给你好脸色吗？狗日的，说人家撅劲得很，就不想想自己是个啥东东。

汽车偏了一下，梅琪一个激灵扶正方向，感觉怪异，人没喝酒，车像喝了酒。我到底咋啦？自傻姑死后，我的扶贫任务自然欠体面地完成了，再到王老师家，自个都感觉别有意图。

今天的理由很正，对王老师放心不下，担心他陷在悲伤中。见面后，老人未等我开口，一张笑脸先把我想好的一堆话给灭了。那神态，如救世的菩萨，安详平和，早在生死外。倒是自个心神不定，送礼包时头都不敢抬，生怕一晃眼被人看穿了心思。

蓝婆来了，也劝王老师不收礼，傻姑已将贫困带走，坎已翻过，今后的日子顺坦多了。王老师的生活要我放心，已与蓝喆说好，由她照料。我知道王老师有一点代课教师生活费，加上蓝喆给蓝婆的赡养费，合起来也不够城里一次饭局开支。可老人却说，用不完。

明知老人不要钱，我还得把钱当情书信物送。我得说，我爱上了这个老头。怎么爱上的，就因他与傻姑那段不解之缘。初见两人不敢往夫妻份上想，后来听说真不是夫妻，是伴，是朝夕相处几十年的伴，更让我惊讶！是啥把两人粘连一起？傻姑心思简单，她为了王老师的鼾声好听，一个典型的为了光亮和温暖，不惜以身相投的飞蛾。那王老师说来复杂多了，先是同情，后是恩情，再是友情。难道真没有一点爱情吗？爱情非得性灌注其中？若真是离不了性，我今天来算啥？同情？我没资格言同情，一个情感上的落魄者，精神上的叫花子，别污了这同情二字。真有同情，也只能是王老师同情我。可那样说，岂不是说我不是来扶贫,而是来寻找穷人对富人的怜悯和救助。有点离谱。王老师和我之间的距离,与他和傻姑之间的距离,真要王老师掂量掂量,估计不说更大,绝不会更小。

先别说王老师,我自个则要将一将,这个王老头在哪儿入了我的心?无疑是情感,是老头对傻姑那份不舍不弃的情感闯进了我的心。无论它是恩情、同情,还是友情,我敢直言,就算不是爱情,也是真情。这份真情给了傻姑,傻姑以命相许,好福分啊!而今世人一触及爱,便烈火万丈,汹涌澎湃,可有几分是真?连亲情都经不起DNA检验,何况其他?名利就如强力洗涤剂,无论情感多么色彩鲜艳,名利缸里一浸泡,捞出来要么灰白一片,要么污浊不堪。

自个与郝友就是例子,婚礼上信誓旦旦,中式的执子之手,与之偕老。西式的,无论贫困与富有,无论健康与疾病,我都爱你,直到死亡。都说了,有用吗?我和郝友都活着,离老还远着呢,离婚却来了。

自打见了王老师,好像天底下的男人来了个华丽转身,发现还有五官端庄的正面。好几次都想表白,王老师,我爱你!我也要做一只飞蛾,不管不顾地投入你的怀抱。话,我有这个胆量说,可没这个胆量往下想。王老师已是古稀之人,有光亮如丝,有火苗如豆,经不住我这个出茧不久的飞蛾扑腾。

另有团火焰炽烈，在眼前闪烁，在心里燃烧。蓝喆，过去没正面打量过，从别人口里传来的都是背影，一堆若明若暗的死灰。一段时间接触，才知他乌龟有肉在肚里。老婆跟别人走了，竟和没事一样，只道是窝囊，哪知他心里明亮着哩。不争，是那样的女人值不得争。他说过，那女人寻大房子去了，他在家等，上天会降福与他。看他母亲的神态，那天下掉下来的分明是我。最初感到好笑，二婚非得再找二婚？现在看来是天意，商会一串名单上，我就独独挑中傻姑，不会我也傻吧？

这个男人同王老师一样，不贪色！妖精一样的女人，他拥有过，不会有饥渴感，说不定还会有几分呛过水的恐惧。看他对婚变的坦然，不知个中滋味的人是不会有的。跟这样的男人过日子，平安踏实。较之王老师，他更耐看。文雅中不失青春的野性，步子很慢，但踏实有力，肩膀单薄，但胸襟宽广，依偎其中不愁没有好梦做。

可他会怎样看我呢，钱！我是有一笔不小的数目，因为多，我至今恨透了郝友。他这不是对过去婚姻的补偿，是厌恶我到了不惜代价的地步。可蓝喆喜欢钱吗？有伟人说过，正是有所需，才知有所缺。蓝喆需要钱吗？如果他在官场商场情场，钱对他有绝对的诱惑力，可他在三界外，不是钱多，是值得他花钱的地方少。若不需钱，他又会看上我啥呢？

车子一个急转弯，梅琪突然想起，郝友的妈说过，蓝喆好像与一个乡下的女人交往上了，听说那女人很厉害，除了钱外，资本足得很。

七　贫困户的巨捐

　　郝婆苦笑着走了，石家梁村少了一个贫困户。

　　一不留神，风过了深秋，枫叶归根，游人回家，山林重归于寂静。

　　有人给范镇长算过命，说他流年不利，下半年坎坷多。范镇长郑重其事问蓝喆灵不灵？蓝喆咋说呢？只能排解，算命先生的话别当真，你把它放在心里，就越想越灵，放在脚后跟，一抬脚就丢了。后来的事让范镇长偏信了算命先生，霉事一桩接一桩来，差点让他晕过去。先是脱贫自查，全镇五户不合格，石家梁村占三户。夏莲那两个耳光也成了新闻，一个耳光一个版本。有说是贫困户不堪羞辱，怒打二流子村干部，更有嘴大的，直接说成是驻村干部暴力性侵贫困户，弄得范镇长逢人便解释，结果越描越黑。更令人哭笑不得的，郝婆被评上了贫困户，当第一个月低保金下来时，她已住院了，不仅一分钱没要，反倒捐了三十万给镇上做扶贫资金。报上宣传之后，领导和记者再来细问，这样的贫困户是咋评出来的？范镇长一肚子气没撒处，直骂婆娘找错了算命先生，没事给算出些事来。

　　蓝喆替他开脱，这些事原本该算在我身上，你信算命先生的话，偏往你身上扯。信我的，啥事往我身上推得了。蓝喆不认不行，石家梁村是研究所对口扶贫村，三个不合格贫困户，个个他都有责任。夏莲更是他的联系户，负直接责任，何况还有一种说法，事情好像就是因他而起。至于郝婆的义举，让蓝喆做梦也没想到。蓝喆几次去郝婆家，亲眼见过她的土墙房子，窗都没有一个，家里的碗筷都没第二个人的，一年四季咸菜下饭，不是盐水苦瓜，就是盐渍蒿尖。床上棉絮怕是十年没有翻新过，抱在手上如浸了水一样冰冷，一床蚊帐，还是过去的土麻布缝成，黑得看不清纹路。听说郝友不管，当然得政府管，何况蓝喆有言在先。范镇长有意见，蓝喆还费尽口舌去开导，说非洲的穷人我们都在援助，何况是本乡本土的，跟一个发了财没孝心的郝友计较没意思。没想到一直嚷着帮郝婆的黄主任一班人，这次却集体哑了声，只为郝大老板有几个月没给他们的娃娃发薪了。蓝喆不怨谁，只是笑自己书读了不少，却连个贫富都分不出来，感叹这人世间的大书太难懂。

听说研究所的文所长要来，这老先生也许听到了什么，电话上严肃得像审问刑事案件。老先生一辈子认真，做学问如此，修身养性更是一丝不苟。为离婚的事，找蓝喆谈了无数次话，直到涂雅拿妇女权益顶撞他，才放弃了挽救的努力。这次下来，免不了又是一个彻夜长谈，只不知从哪位古人说起。

老先生三句话不离本行，仍从庄子讲起。听他引经据典说了一大通后，蓝喆毕恭毕敬回道，文所长，您老人家的教诲我谨记了，就照您说的办。如果我对夏莲真有那个想法，一定直奔婚姻而去，如果没有那个想法，一定坚守，决不产生那个想法。回所里还得请你老人家在女弟子中物色一个。只是这私事，万望您明天会上不去提它。蓝喆最怕老先生那个严于律己的品质，有事无事先替下面的人认错检讨，弄得没事都跟有事一样。

第二天会上，老先生虽没提那事，还是替蓝喆检讨一番，害得陪同的县扶贫局赵局长也来一番检讨。检讨比赛完后，再来议弥补措施，大家都哑了。

蓝喆环顾四周，大家都不愿说，我来说！文所长怕他失言伤了和气，忙用眼神制止。蓝喆全当没看见，只顾自个说去，这次检查不如人意，我认为与检查标准有关。赵局长脸一下掉过来，眉头迅速集合。四周附和声起。文所长要打断，赵局长不让。听蓝喆说下去，脱贫要贫困户写申请，五户人中有三户死活就是不写。据说按以往的算账方法，这五户人的收入达标绰绰有余。"就是""对头"的附和声四周往外冒。赵局长颇为无奈，上面规定的，就怕下面做假。没料到蓝喆话锋一转，我认为规定得好！下面一片肃静，又听他说，这扶贫只重物质不重精神不行。有些人的穷根就在思想上，伸手要惯了，这样的思想不解决，今天脱贫，明天就返贫。

议论声重起，在众议中，蓝喆又让大家一怔，不过，君子固贫，穷不乱来，他不写申请，你还不好开口说什么？赵局长蒙了，你这到底是赞成还是反对？文所长终于坐不住了，抢先说话，大家不要误解，古人曰，君子固穷，不是不图上进，而是说，人再穷，不能有非分的想法。黄主任立即响应，这就对了，不写脱贫申请，就是有非分的想法。

文所长一听话被引偏了，人一急，竟想不到合适的话语，连连摆手，不是那意思，不是那意思。见赵局长在用双手往下压，借势一盘子推过去，听赵局长的，听赵局长的。

郝婆一直迷迷糊糊的，在阴阳二界奔走，两边的亲人都让她牵挂。她见着一个瘦老头,满脸血污,娘在一旁催促,喊爹呀!郝婆隐约记得爹是一个魁梧的大汉子,就这点还是娘告诉的。血污不是形象,是一个结果,爹死于血光之灾,缘由就是钱太多了。家里进账最多时,银元用箩筐往家里挑。每块银元都是爹刀尖上用命赌来的。是赌就有输的时候,娘早就晓得有这一天,迟早会来,趁爹不缺钱的时候,让女儿去明拿暗取,落几个在一边。爹被枪子把脸打开花后,娘收尸回来,只淡淡地对女儿说,你爹走了。随爹走的还有家里的粮食,成箱的金银。娘俩在一个夜晚悄悄去会了一个汉子,女儿的舅舅。由他护送到邻近的外省,女儿到了郝家,娘去了深山。

　　以后的日子,娘俩遇上过不下去的时候,女儿会说找娘借,娘会说到女儿家要点,其实就在途中什么地方会面,靠那些年攒下来的私房钱过难关。娘死时,把女儿叫到跟前,拉着手说,女儿啊!晓得娘为啥送你到郝家吗?女儿当然晓得,娘说过无数次了,郝家世代做厨子,没大富大贵的命,自然不会为富贵去赌命。三年大天干,饿不死伙老大,郝家从没饿死过人。娘说,娘手头的钱也光了,就留一句话给你,平安是福。

　　娘的话,郝婆时时记在心里,可当厨子的丈夫没记住,郝厨师在一个大煤矿干,终于有一天走出厨房,当上了伙食团长。正是灾荒年月,郝家的粮肉从未断过,郝婆与张婆婆的交情就是那时结下的。可没多久，郝友刚刚学走路，郝家伙食团长犯事判了死刑，家里同样被清扫一空。郝婆像她娘一样，对儿子说，你爹走了。之后娘俩艰难度日，要钱救命时就靠从床下抠，今一点，明一点，直到郝友当了包工头，那钱缸缸才见底。此时郝婆见了娘，刚说一句，娘咯，女儿没听你的话咯。娘就不见了。

　　郝友的爹来了，还穿着囚服，戴着镣铐，见面就问，儿子咋啦？郝婆摇摇头。他爹说，把床下的钱拿出来呀！去把儿赎回来。郝婆苦笑一声，这些年咯，见他不把钱当钱咯，我咯变着法子向他要咯，就为给他咯留条后路。可我咯问过梅琪，我那点钱咯，还不够他欠债的一个零头咯。我咯这一辈子，富了穷咯，穷了富咯，颠来倒去咯，还不如张家孤儿寡母咯，活得咯自在坦然。我咯也累了，就跟你咯走吧！郝友的爹将手一甩，独自散了。

　　眼前突然一片光亮，是梅琪的脸孔。见她醒来，喊声娘，你看谁来了。一张稚气脸靠上来，叫声婆婆，我是豆豆，是你的金豆豆。郝婆竭力把手伸出来，梅琪帮助她放在豆豆的脸上，郝婆用微弱的声音说，告诉豆豆，别学咯祖外公，别学咯爷爷，别学咯……声音如一缕青烟渐渐飘散，忽有忽无的鼾声传出来。豆豆望着妈妈，爷爷他们怎么哪？梅琪将老人的手轻轻放进被窝，掖好，转身对儿子说，他们因为怕穷，做了不好的事，丢了性命。

豆豆眼睛睁得更大，穷？有人扶贫啊！

傻孩子，那时哪来的扶贫！

妈，你扶贫吗？

梅琪点点头，你婆婆也扶贫了，没留钱给你，你怨她不？

我不要钱，我要婆婆。

郝婆苦笑着走了，石家梁村少了一个贫困户。

八　夏日荷花

许久，回，像是读了诗词速成班，字正腔圆，夏日荷花别样红。

对涂雅而言，今年的冬天来得太早，立冬刚过，一切就冻得死死的。钱冻在账户上，车冻在车库里，别墅冻在房产局，婚姻冻在"同居"上。郝友从不好找变得不用找，谁都晓得他干啥去了，躲债、协查、应诉……还不由他挑选。涂雅搬回了原处，明白告诉蓝喆，她不是没去处，而是去处太多，需要一个清净地方，正好你下乡扶贫不在家。蓝喆的反应令她失望，失望的程度差点赶上离婚时的绝望。蓝喆随钥匙寄回一句话，别把咸菜罐弄坏了。眼下涂雅要的是温暖，哪怕蓝喆给她一耳光也好,多少感受几分热度。可蓝喆的恐怖在于不冷不热,对她的归来如同一只流浪猫到访,一片飘零的树叶落在脚边。倒是处长打电话安慰她,事物都是螺旋式发展的,有时看似回到了原点,其实已发展变化了许多。涂雅很感激,想不到十年夫妻不如一夜情。没过多久,涂雅知恩图报,打电话安慰处长,有时撤职是一种解脱。还说蓝喆不知好歹,竟然升了副所长,就让他尝尝权力的煎熬。

与蓝喆的通话那夜,像一场透雨,润湿了那十年记忆,往事从深处萌芽"嗖嗖"冒出来,密密匝匝缠绕,理不清还斩不断。门外一道车影驶过,静静的没入车库,买菜的回来了。涂雅想起那辆银灰色桑达纳,和蓝喆攒了五年按揭的。买不起车库,每天四次,每次十六分钟,风雨无阻往返于家和停车场。当手拎大包小包日用品回家时,多想有个挨家的车库,哪怕有个车位也行。而今车库与住房只隔一扇门,却突然想起要走路了。每天一个小时,比从前少了四分钟,也是风雨无阻,不过以前在街上,而今在跑步机上,过去累了有人帮,眼下再累自个扛。吃的没变,仍是咸菜为主的减肥食谱。口味变了,过去嫌素了,而今嫌荤了。过去老觉家务烦,而今总盼丈夫回家,亲手做顿饭给他吃……

第二天早上,保姆吓白了脸进来,涂老师,青!青嘴飞了!

涂雅起身去看,鸟笼还在晃动,笼门开着,水盆的水纹一圈一圈散开。保姆惊恐地望着涂雅。涂雅打电话给郝友,他正谈事,电话里淡淡问一句,飞了?

涂雅说还在对面房上,怎么办?

郝友有些厌恶,不愿跟我嗦?不要了!

涂雅见鸟儿迟迟没有离去,心犹不舍,叫过保姆来,打电话问问蓝喆咋办?

蓝喆问清是涂雅的咨询,平静地说,笼门开着等,笼养惯了的,它应该要回来。不过,有时也说不清。

涂雅突然为鸟儿担忧起来,不回来怎么活?回来,主人又会让它怎么活?

后来听人说,那鸟儿回来过,没进笼,楼顶上待了三天又飞走了。

而今又到了新的一站,该换车了,涂雅想起了那辆银灰色桑塔纳。

梅琪正忙丧事,黄主任过来拉她到僻静处,四周看了看,掏出手机递给她,悄声说,郝友找你。

不接!嘴里说,手还是伸出去了。电话里一个男人的声音

际遇 165

传过来，是梅姐吗？不是郝友，梅琪厉声问道，你是谁？停一会儿，传来两声干笑，比哭还难听，是我。视频上真是郝友。梅琪骂开了，你个不孝的东西，对老娘生不养，死不葬，不怕乡亲们咒死你。电话那头变成了哭腔，欠乡亲一屁股烂账，哪有脸见人。梅琪声音软下来。你娘已把村里人的工资替你付清了。还有剩钱吗？郝友迫不及待问。听说剩下的钱被娘捐给村上做扶贫款了，郝友不相信，咋给了外人呢？那都是自己平时给娘的。梅琪一顿斥责，好意思开口要，若不是村里几个贫困户发现告诉我，你娘早饿死在那堆钱上了。郝友咬咬嘴唇说，我马上赶回来。梅琪问，你回来做啥？送娘归山。梅琪长叹一声，唉！我看你还是别回来找死，今天好几个外省的大汉来打听你。郝友失声哭出来，打死算了，人死账了。就跟娘埋在一起，死后尽尽孝道。

好一阵沉默，梅琪问，跟儿子说不说两句。黄主任懂事，很快把豆豆找来。豆豆开口直问，爸爸，你几时回来？郝友说，儿子，爸马上赶回家。豆豆说，婆婆叫我别学祖外公，别学爷爷……爸爸，你为啥哭了。梅琪把手机接过去，说声，你自己考虑好。

郝友最终没回来，十多个要债的看了看老屋土墙上的责任卡，摇摇头无奈地走了。

鹰嘴岩的好摊位。夏莲终究还是让出来了，她不愿为此背一个被照顾的名声，更不愿为此给蓝喆添麻烦。山牦牛要求回去，不便直接说还给他，用了一招耍赖的手法，死活不写脱贫申请。借姐夫黄主任的口，带信给镇上，要他脱贫，除非将鹰嘴岩给他。鹰嘴岩位置好，一个旅游季节下来，六七千元的收入稳稳当当。给谁都够格脱贫。

黄主任一脸无奈，据实说，依山牦牛的现状，一天啥事不做，脱贫还差点收入，硬要他写申请实在有点勉强。换句话说，鹰嘴岩给他，山牦牛就于公于私都脱了贫，不给他，于公于私都脱不了贫。

蓝喆想不明白，鹰嘴岩过去一直是山牦牛占着，那他又是怎样当上贫困户的呢？范镇长是个明白人，说以前是以前，现在是现在，就算山牦牛是假贫困户，现在没了鹰嘴岩他就是真贫困户了，还得用鹰嘴岩去帮扶他脱贫回来。

蓝喆同意了，可夏莲不同意。那地方是山牦牛宰客被收回来的，抓阄归到我夏莲名下，我不去，给任何人都可以，就是不能给山牦牛。

山牦牛成天找他姐夫闹。他姐知道老公办这事为难，猜想夏莲赌气的缘由，就是山牦牛说了她与蓝喆的坏话，自己想出面试试,把话挑明说开,给夏莲一个台阶下,请她放一马,事儿就结了。

可夏莲不买这个账,反而觉得是在要挟她。我与蓝喆本无事,经你这样一做,反倒成了真事,愈发不干。估计蓝喆也晓得这事儿了,再没去夏莲家走动,大娃的辅导也停下来了。夏莲正着急,大娃找她,说有一台电脑价格便宜,只要娘开口,钱不要她添,自己就去拿回来。夏莲一问,才知是蓝喆买了新电脑,想把旧的卖给大娃。夏莲说不行,一百块钱买个笔记本电脑太便宜,黄家的人晓得了,又会说三道四的。大娃说这是人家卖给我们的,蓝叔叔说了,我们不要,他卖给收废品的,也就这个价。夏莲仍不松口,真要是这个价,我们也到别处去买。大娃又告诉她,别处买回来的,要用得交上网费。蓝叔叔这个电脑是他交了一年上网费的,不用就浪费了。夏莲犹豫时,张婆婆说了一句,哪里都是拿钱买,在蓝书记那里为啥就买不得?

大娃把电脑提回来时,还带回一个双肩包,据蓝叔叔说,是买新电脑时店家送的,他用不着,就送给细妹。从此,蓝喆就在电脑上辅导大娃,再没来过。

没过多久,夏莲不见蓝喆进门,莫名其妙地不习惯,有点后悔不该任性。想去松口,说我不管了,安排谁去鹰嘴岩都行，可又一时改不了口。突然有一天，夏莲把电脑搬出来，逼着大娃教她用。弄得大娃汗水长流，才勉强让娘用一根指头捅出来几个字。

蓝喆最近在网上很忙，他不找别人，别人要找他。第一个是涂雅，网名青嘴。每天定时出现，刷标语样刷帖子。就青嘴的归宿，翻来覆去说千百遍，今天青嘴回来了，做了什么什么，明天青嘴飞走了，会有什么什么。蓝喆怀疑她根本没去看过，全照着自己的心境在唠叨。早年听惯了，由她说去。殊不知，她说着说着竟往近靠，声称已写申请要下乡扶贫。她们单位的扶贫村就在邻近。蓝喆得把她劝住，发帖说，你不是瞧不起扶贫的吗？她回，而今我也是穷人了。蓝喆发帖恶心她，你只要不怕就来嘛，郝友的娘就埋在村口，你几个月不给她生活费，就等你来算账。涂雅不怕，回，这后面两个月的生活费还是我垫支的，我也正找她儿子算账呢。

第二个是梅琪，网名局，让人迷茫。绕着郝婆那三十万扶贫款啰嗦。她是遗嘱执行人，为钱咋花成天找蓝喆讨论。曾说过要分现金，她愿意再凑几万，给每个贫困户发一万整的。蓝喆连说要不得，不合扶贫规定且不说，还管不久。像山牯牛那样的人，两天就会花光，以后咋办？梅琪还说过，给贫困户做担保金，这显然是多余的。贫困户贷款有专项资金，只怕用途不对，不愁没有资金。梅琪又发来，那就打造大山坡，做旅游品牌。蓝喆回，这想法很动人，可你这点钱能做啥？何况枫叶也就红那么几天，全国多的是。梅琪这天提了新想法，用这钱修个厂房，她迁一个车间过来，让贫困户就在家门口打工。蓝喆初想还可以，问建在这儿，产品成本增加不？梅琪倒慷慨，亏就亏一点，没啥！由你来管理，给高薪。蓝喆劝她把账算好再说。只要亏本，绝不长久，趁早别干。我呢是个啃书本的命，不赚钱的事我不干，赚钱的事我干不了。

最近又出现一个，网名别样红，一看是个新手，半天发一句，错别字顾盼相连，像是从字典里专门挑选出来考人的。问她是谁？

两分钟后来一句，平困富。

蓝喆猜是个扶贫对象，态度立即谦和起来。有啥事吗？

五分钟后回，我要住先菜卖。

做咸菜卖，好事儿呀！蓝喆赶紧发贴，有啥需要我帮忙的？

又是两分钟后回，缺机术。

你不会做咸菜？

一分钟后回，只会拿为的。

光是辣味是太单一了，蓝喆发贴，没关系，我请我娘来教你。

这次回很快，路原，还丝去立假雪。

蓝喆干脆，去我家学呀，行！

这次足有十分钟回，万一，立孃不塔应哪？

蓝喆一拍胸膛，弹出来一句话，没事，我娘正愁没人学呢……你到底是谁？

许久，回，像是读了诗词速成班，字正腔圆，夏日荷花别样红。

蓝喆记起了，前几日在网上，跟人辅导讲过杨万里的绝句，其中有"映日荷花别样红"。

下部 火塘山

题记：永远的火塘，永远的人心

一　嘱托

　　石承的爷爷……好几次在支委会上讲，火塘山的党员要注意呢，火塘山生就是打仗的战场，共产党的这块阵地不能丢。

　　这儿的云，从云门口进，从云门口出，一下天上，一下人间，任性率真。腼腆时，一缕轻纱依偎薄月，动怒了，能压垮几座山。从云门口到石家梁，山路九十九道拐，只须一阵风，便墨染雾化，浓淡了人间炎凉。

　　翠婶早早起床，开门，一团灰色涌进，灯光刹时惊慌。翠婶用手赶了赶，雾气和凉意像待哺的孩子争着从领口袖口往怀里钻。重新关上门，灯光回过神，掸去一层灰色，露出翠婶脸上喜气，问，老山两口子几时到？

雾大，来嘛也会是半下午了，石现从里屋出来，应了老伴一句。开门，雾气照脸扑来，用手抹抹，信步出去，地坝尽头立定，双手叉腰，哟——喔——喔！群山一阵回响。自小养成喊山，儿时只为壮胆，大了消除疲乏，出门吆喝同伴，回家遥报平安，有喜山谷同庆，有冤溪流共鸣。而今成了习惯，早上不喊几嗓子，生活会少了几分自信，如同城里体检，不验验，咋晓得自己这口气还有多长？石现听听峡谷的回声，自觉不如以前畅快，真如老伴说的像面破锣，嘶哑还吊不住，不由得叹口气，老啦！

一条黑影过来，冲着回响，哐，哐，吼叫。接着再来，哟——喔——喔！哐，哐！

石现喊了几嗓子，猛然想起一件事，急转回房内，朝灶屋的方向问道，烟买没有？翠婶在里面懒懒回声，买啦，不会把你姜妹妹冷淡了。接下来又说给自己听，一个女人，学啥不好去学吸烟。石现听见了打招呼，今天是开支委会，你忌点嘴儿行不？兽药呢？翠婶回话，问你儿去。

石现"呼、呼"敲门，兽药呢？里面石承回道，兽药店都没了，哪来兽药？我去宠物店专门定的，说好今天去拿。那你还不起来！吱的一声，门开了，石承露着一只手，从云里雾里出来，爸，现在就去呀？石现眼神在冰箱里乱扫，话经冰箱出来，有点生冷，雾在梁上，下梁就没了，记住，再买点鲜肉回来。翠婶在灶屋着急，你安心把冰箱塞爆哇？石现收回眼线，对儿子说，全是野味，你老山叔不稀罕。石承知是些野兔子、竹鼠之类，自家店里正缺的招牌货。说声好的，进灶屋找早饭吃。

石现不觉跟了几步，又停下来。过去老爱坐在灶旁给老伴递柴烧火聊事，换了煤气灶一时还忘不了。回头拖把滕椅面对灶屋坐下，盯着老伴头上吸顶灯，眼里几只飞蛾带着思绪围绕石老山夫妇纠缠。

石老山来了，咋个说他才肯听？为他搬迁的事，从去年说到今年，两口子围绕山包转来转去，就是舍不得离开。儿子这次回来扶贫，为搬迁的事，立了军令状的。一辈子遇上多少难事，还没今天这事尴尬。自己从城里回到山上，现在反来动员别人从山上迁下去，像是被啥压住了半边舌头，说着说着，话就在嘴里圆不过来。石承当初阻挡自己回来，说山上这不好，那不好，那话一圈一圈跟连环套似的。今天就看这第一书记能不能把他老山叔套进去？细细回想儿子当年那些理由，好像又与老山对不上号。当年儿子说山上路不平，缺医生，烧柴火。说爸啊，你真回到山上去，病不死你，累死你，累不死你，蚊子咬死你。拿这些话劝老山跟没说一样？扶贫户今年早些时候体检，老山两口子血压、血脂、血糖不高不低，跟铁钉钉了一样稳当。成天围在火塘边，烟熏火燎，没成老腊肉，倒像小鲜肉样活蹦乱跳，气比谁都出得均匀。自己回来这些年也感到山上水好空气好，多宝贵的两样东西，城里拿钱都买不到。你劝人家离开，真不知是为人家好呢，还是害人家？越想越乱，那群飞蛾竟从眼里往心里扑腾。

雾刚散，石老山姜婶就出现在门前，仿佛一直在那候着。老山将背篼交给石现，里面有几只野兔。姜婶拎着一只黑狗崽，直接拎进屋，递与翠婶，找来两团软草垫着。

石现很惊讶，你两个真会腾云驾雾，说到就到了。姜婶一个哈哈响过，听说来你这儿，有人半夜就催起来。老山跟着哑笑，还用我催，我起床时有人水已烧开好一阵了。

石现问起山上的情况。一向嘴笨的石老山，像吞了一串佛珠，口里莲花盛开：云门口客栈的房子还好好的，只是房顶上的树叶堆厚了，台阶上有了铜钱厚的青苔；善恶泉的水仍不断在流；鹰嘴岩峭壁上那只歪尾巴麻鹞子，小时受伤还担心养不活，现在孵出了小鹞子；你晓得那只赖脑壳野猪嘛，那多丑的东西，现在成了猪王，仗着它干妈撑腰，把偏岩子的半间房连门带锁早拱翻了，糊满了泥粪。姜婶笑着冲了老伴一句，你要当干爹你去当，别把我扯上。那瘟猪也怄人，今年种了几亩洋芋，点了几亩苞谷，才好死了那畜生，今天来拱几垅，明天来拱几垅，到头来只收了几背篼回家。听到这儿，老山眼里露出一丝歉意，像是孩子闯了祸，家长负有教育责任，套都准备好了，就是政府不准。姜婶撇撇嘴儿，哪是政府不准，是你舍不得，恰像你亲生的样，半夜听见猪叫，再冷都赶紧爬起来听半天……

听这些，翠婶特别经心，眼珠随话转溜，像是听娘家传来的故事。

老山有个习惯，开口离不得烟，话像山洞里的野物，须用一口接一口的烟熏出来。伸手去摸烟袋，石现一把压住，吃我的。翠婶取出一条红塔山搁桌上。石现撕开，抽出两支来，一人一支。老山放在嘴边叭两口，觉得味淡，要往鞋底上揉。翠婶瞥见，晓得他要换叶子烟，劝他，人老了，慢慢把烟戒了好。烧猪圈，燎牛圈，姜婶知趣，烟一直夹在手上，半天没吸一口。

老山问，石承呢？翠婶说上街给你买药去了。石现睖睖老伴，咋说不来话了？是买兽药。姜婶抿住笑，城里人也有说漏嘴的时候，不吃烟不见得会说话。可到底是在别人家里，主人脸上难看，客人脸上也挂不住，忙用话岔开，两个书记开会，叫我们听哪个的？翠婶刚僵住的眼珠，给撩动了，嘴角一弯，话也跟着活泛，石承是第一书记，管他老子的。

石老山趁翠婶转眼，赶紧把烟头在鞋底上揉灭，摸出烟袋，把心思当烟丝裹牢，边装叶子烟边对石现说，你别忘了，说了不再提搬迁的事。姜婶嘴唇砸吧，眼瞅着要上来帮腔，石现忙断住，别急，吃了饭再说。两个女人才想自己的职责，赶忙进灶屋忙活去。

石承大约闻见饭香了，桌上饭菜刚上齐，咂酒正冒着热气，石承准时进门。他将一块鲜肉拎进灶屋，出来袖子一挽，坐在下首。石现喊声"请"，酒席开始，支委会也开始了。

老话题，火塘山的两位老人必须年前下山。石现说我答应过不再提这件事，可石承是第一书记，这公事还得听他咋说。石承接过来说，山下正在修住房，自来水天然气桌子椅子一概备齐，只等人去生火煮饭。我这次下来的任务就是一个，扶贫。火塘山住户搬迁是头一桩。你们到新房过年，我就过关。石现见儿子眼光逼人，口气渐长，怕他收不住伤了人，故意板起脸，你这孩子咋这样说话，老山叔搬迁到底是为了你的任务，还是为了他好？姜婶接过话来，都一样，为我们好，就是他的事儿。翠婶送最后一道菜上来，在姜婶旁边坐下，看新书记被老书记镇住，声音捏细了，怕儿子身板嫩受不了，出手帮衬，你这个当爹的也是，就算石承不会说，他叔他婶会听呀!

火塘山 179

石老山没急于答话,把本搁一边的烟杆取来含上。他要用烟熏一熏,弄清该用什么口气说话。石承既是晚辈,又是上级,可以说你娃娃年轻,也可以说石书记话重了。搬家下山是多少辈人的梦想。自己退回去几十年,不用多说,早应了。可而今这把年纪,到山下哪儿去都被人嫌弃。山上,一草一木跟自己熟,无论干啥的来了,还得带上我这个活路条,要不然,老林子的枝枝丫丫都会伸出来拦人,不许进也不许出。进城了,到处是路,自己反倒要问人家要路条。

等石现家三个人都说了一遍,石老山凭仗叶子烟通了窍,侄子书记,我到山下能干啥?我只会烧火塘,别的啥我都干不了。

石承稍等话音落脚,放下筷子以示郑重,老山叔,你这把年纪该休息了,养老,啥都不做,开开心心耍!

耍?谁管饭吃?老山叔问。

石现眼珠往后退了退站住,这不废话,吃饭成问题是啥年代的事?代儿子回道,可以申请低保,石花侄女再帮补一点点。

姜婶眼光从石现脸上挪开,划过桌上酒菜,在翠婶脸上停稳,像去了聚焦的电筒光一样散开,我那石花可不比你家石承能干。上有老,下有小,打工几个钱还不够养家。再说,嫁出去的女，泼出去的水，能逢年过节看看我们就不错了。

　　石承又劝导，老山叔姜婶，你们还可以去打点零工，一个月挣个千把块钱没问题。老山叔拿眼神碰了石承一下，石承方觉漏了嘴，刚要人家好好耍，咋忽地改口要挣钱，忙用话遮盖，老山叔，喝口酒。老山叔放下筷子，搭下眼皮，抱着哑酒罐狠啜。翠婶用肘子碰了碰姜婶，听你大侄子的，早点搬下来。姜婶转过脸来，我也天天在算，下山钱是要多挣点，可花销也大，开门关门都要钱。在山上，每年靠狗叼点野物卖几百块，加上给客人带路挣点，也有二三千块钱。好在粮食蔬菜不用买，称盐打油够了。石现晓得内情，你那个账没算对，火塘山是有田地种粮食，可你刚刚才说过，这几年野物多了，糟蹋也大，你今年苞谷收了多少？姜婶说，收啥哟，两百来斤，尽被那些野猪拱翻完。石承长期收购老山叔的野味，晓得底细，你那几只野兔全靠两只狗叼。卖的钱除了喂狗的粮食钱，也剩不了几个。带路，一年难得有几次，一次一两百块钱，还不够买鞋穿。你到山下街上住，就算跟人家看门，一年也是一两万块。说到兴头上，又忘了老山叔下山干啥来的？老山叔慢悠悠升起眼皮，挪开酒罐，挟一块菜放嘴里，瞧着石现，边嚼边说，老哥，我就想问你一句，城里那样好，你来山上做啥？石承历来对这事有气，看父亲眼神躲闪，赶快用话兜住，还不是爷爷要他回来的，老家穷嘛，结果咋样？

每次动员老山，只要说到这，老山就用这绝招，你石现为啥回山？若说是石老书记要求回来的，老山又借势一句话给挡回来，我也是石老书记要求留下来的。每次一问石现一个趔趄。翠婶见丈夫脸色变了，赶紧施以援手，哎！哎！别光顾说话，喝酒！喝酒！

还有这事儿？石承在父母脸上求证。父亲板着脸，腮帮子紧绷没吭声。母亲含混说，老爷子也就信口说说，老山你就记得那么好。

这石家梁村，地处古驿道旁，是由曲江上岸到汉中、西安的必经之地。山高林密，溶洞特多，尤其火塘山更奇，山有多高水有多高，上面竟有好几十亩田地，一年能打不少粮食。地形奇险，易守难攻。从古到今凡在战场上失败的一方，都以此为退路。汉末的賨人，宋末抗元，清朝的白莲教起义，后来的红军，游击队，国民党的溃军，都曾在这里安营扎寨，反抗当权者。那些年闹灾荒，这儿出过当皇帝的闹剧，据事后为首的交代，若攻不下县城，就要退到火塘山坚守。石承爷爷从部队回来当支书，好几次在支委会上讲。火塘山的党员要注意呢，火塘山生就是打仗的战场，共产党的这块阵地不能丢。

石承听说真有这事，顿觉好笑，这算啥阵地？现代战争一架直升飞机就跟你轰平。就算易守难攻，可有谁守住了的？
賨人？宋军？白莲教？游击队？国民党的溃军不全是给灭了。
红军当年也是冲出去了，再从北方打回来，才夺取胜利。就
算是要地，自然有军队驻守，咋会要你一个老农民来操心，真
是的。

石现见儿子搁下筷子来争辩，担心话来陡了会惹翻石老
山，反正下面的搬迁房还在修建，缓几日也无妨。用手止住了
石承的话，这事暂时搁一下。镇上新的书记来了，要开镇党代
会。范镇长联系我们村，要我们支部征集党员意见，准备在会
上提出来。

黄主任年前也搬走了，在座的五个支委，也是全村在家的
全体党员。石现把话题及时转过来，保证支部大会开成一个团
结胜利的大会，最后通过了姜婵的提议，要求恢复一年一度的
党员冬训，不然，在镇上鼻子碰扁了，党员还认不得书记是哪
一个？

二　巡检

　　恰似一次巡山，收兵回营已是身影西斜。一黄一黑两条猎狗自残破的寨门射出，跟着一群狗崽，如喽啰一路呐喊，迎接寨主回山。

　　回山的路被山风拉长，石老山夫妇的心思缀在腿上，脚提起比来时重了许多。姜婶埋头爬坡，嘴儿与路边野花野草唠叨，昨晚遇上怪事，先是睡不着，后来眯了一会，又老是做梦。石老山用打杵敲敲老伴的背篼，动心啦？睡一晚上就不想回家了。姜婶回头朝向老伴，眼仁里些许疑惑游移，我看啦，怕是他们动了心，铺的盖的全是新的，正经是把我两个当客人在侍候。几十年来往，这次可有点见外了。石老山眼里一潭止水,唯有老伴的身影水面乱晃,你是贱皮子享不来福,给你个软床不习惯。姜婶脸转过来,眼回到路上,你还别说,我就觉得不及家里火塘暖和。

山上的火塘也就地上掘个浅坑,围上条石,正中吊一活动的搭勾,用套筒管住,可以上下活动,挂上一个鼎罐,成了厨房。讲究一点的,火塘四周用硕大青石板镶满,白天坐在上面吃饭,摆龙门阵,夜晚在上面睡觉做梦。有点像北方的炕,可比炕更粗犷古朴。

塘里的火是不能熄灭的,许多人家几辈人只生一次火,由祖宗那里燃到子孙。当地习俗,熄了火塘如同断了香火。其实内里的苦衷是熄了火,重新生火难。没火柴和打火机时,靠石头火镰撞击取火。更难的是山上全是穷苦人,产煤却烧不起煤,用的全是煤矸石,要有旺旺的底火才能烧燃。有娶媳妇建新房分家的,需建新火塘,初次生火要用上好的干木块,再用上等的煤,底火旺了再堆上煤矸石,这样的奢侈是山民舍不得轻易尝试的。

千年的火塘旁,做梦踏实温暖。

过云门口时,姜婶像过阴曹地府,不敢张望,埋着头只管往前窜。惹得石老山直埋怨,你偷人家的呀,跑恁快做啥?他自个慢慢地悠着。像欣赏古董样,一间一间地踱过来。边走边摸,不时撩拨一下门上发锈的铁锁,发出一个个闷沉的叩问。

街不长,过隘口几步路避风一侧,青石铺就,十来间门面,相对而立。打头是村公所,原来的云门客栈换个名称,上了年纪的人仍叫它客栈。内设有九个床位,多一个是十,与失同音,晦气!少一个是八,与发同音,别处吉利,在这儿却是凶兆。只因这条古驿道,自古以来匪患不绝,若硬要说发,无论是财发了,还是案发了,肯定是土匪不会是行人。往来行人,要么穷,土匪打不上眼;要么土匪惹不起,保镖护卫,前呼后拥,荷枪实弹一大帮;要么道上规矩不准动,邮差、僧侣、学子、郎中、奔丧的、算命的……一般行人,只要过了中午到此,无论来往都要住下来,绝不敢拿性命财产去犯险。

云门口因常年云进云出得名。这是外山与内山的分界处,自古以来是宕县到绥定府的官道。直到通汽车前,仍是宕县到汉中西安的大道。该有的都有。早些年的茶馆、烟馆、赌馆、客栈、青楼、药房、骡马店……后来换成了供销社的代销店、合作医疗、村小、食店、招待所……。兴盛时,这街上通夜不眠,亮出的灯光,如天上的星宿闪烁,远在几十里外的县城看见都耀眼。

而今冷清了。自打公路在下面钻进大山肚子,这儿再没多少客人来往,主人挨着去了山下,去了远方。

石老山摸摸门枋,撩撩铁锁,叫着户主的名字,像是在呼唤儿时的记忆,呼唤逝去的魂灵。摸着叫着,一条街在心里苏醒了。

石老山第一次过这儿时,还伏在娘的背上,随大人双手挥舞喊叫。后来听娘说,爹和火塘山的几个石匠,就是那天跟着红军去了北方。当半山下石老书记回来时,石老山已是半个大人了。爹没回来,石老书记带回来他的临终嘱托,跟着共产党,过上好日子。

啥是好日子?石老山不敢乱想,自小大人就教育小孩别乱想汤圆吃。汤圆是啥样?没见过,所有关于汤圆的想法都是传说。到过最远的地方是县城,最香的莫过于云门口饭馆里冒儿头干饭。啥是好日子?能吃上白米饭就是好日子。娘到死也没吃上,也就到死没过上好日子。石老山儿时的愿望实在,只要面糊能稠一点,如果能像老人说的那样,插上一双筷子不倒,那就得谢天谢地了。

自打石新老书记回来,吃上了平生第一碗白米饭,味道确实比面糊好多了,别说包谷面糊、高粱面糊,就是豌豆面糊也赶不上白米饭香。石老山打心眼里感到共产党好,不挨饿了,面糊洋芋顿顿不缺,逢年过节还能吃上白米饭,有肉有酒。若不是年龄小被老书记刷下来,石老山差点就出国了,雄赳赳,气昂昂去保卫到手的胜利果实。

　　石老山在这儿宣誓入党的。凭借路熟脚快，先后一个人抓了七个残匪，其中就有姜婶的灭门仇人，杀人如剃头的匪首罗二老剪。先关在云门客栈的石屋里，再押往县城审判枪毙。庆功会后，姜婶兑现诺言，跟石老山上了火塘山。

　　姜婶可不愿在这儿多停留。云门客栈是她家祖业。清末，姜家宦游入川，祖上不知犯了啥？被贬到此做个管驿站的小吏。后来皇帝倒了，民国四分五裂，兵匪轮流搜刮。一家人得有靠山立脚，经营客栈外，还替县城豪门魏半城代管山林。好容易人民政府成立，世道日渐太平，客栈有了生机。不料残匪生乱，姜家六口，除姜婶没在家，惨遭屠杀。罗二老剪被枪毙后，姜婶二话没说，人跟了英雄，房产给了村上。而今，眼见儿时的家园残破，萧瑟中亲人音容隐约恍惚，每次路过心碎脚急，眼下直催老山快走。

　　夫妇俩在一个叫善恶泉的地方停下来，拿出纸烟，颠来倒去看好几遍才点上，玩儿似的吸上一口。这里原来住有一户姓孙的人家，自称是孙思邈的后人，先辈避难于此。多年前，老人随子女去了广东，听说也殁了。现在的房子破烂不堪，门闭着，一只铁锁掉在半边门上。屋后有一小石台，正中凿盆大一个坑，常年溢水，石壁不断嘀咕着向里吐水。两位老人过去，弹去上面的浮叶，用手接上喝了几口，再沾水点点干涩的眼角，顿觉清爽。

早些年，房主在时，从老辈那传下来的习惯，山民去来都要在此坐坐。主人热情，无论是谁总要奉上一碗老荫茶，夏天凉爽到头，冬天热乎到心。这是古驿道上的险要处，离此几十里内再无一滴可饮之水，无论好人坏人，谁也绕不过。从古到今这里是不许杀孙家人的，哪怕冤仇大如天，要拼命到别处去，在这儿谁都得对房主人客气，只为喝一口干净放心的泉水。这孙家靠祖传的秘诀，守着这碗水待人接客。人若善心，喝下他家奉上的茶水，有乏解乏，有忧除忧，甚至能治病疗伤，留下不少传说。人若有恶念，无论是他奉上的或是从石碗里自取的，轻则头昏脑胀，上吐下泻，重则上不了山，下不到沟就会暴死路旁。善恶泉由此而来。

孙家几百年就靠善恶泉保命养家救人。孙家走时，暗传秘诀与老山，还按祖上规矩，点上油灯，向天发誓，治病救人，无论贫富贵贱。不得谋财害命，不得外传私授。石老山初先在云门口住过一段日子，就为给路人提醒。后来，十天半月不见一个人影，偶尔有人来，大都自带纯净水，难得有人讨泉水解渴。石老山又得回火塘山去。临走时去镇上讨了几句祷词，照旧点上油灯，再次把神明叫醒，叩头祷告，山民石老山夫妇，受孙家所托，在此经管神泉，无奈福薄命浅，难以为继，意回旧址，恐行人不知，误饮伤身，已将秘诀錾刻壁上，一片诚心，苍天可鉴。古人已在岩壁上凿下两行字：泉水性寒，心浊者禁。石老山干脆将秘诀凿在旁边，也是两行：善恶原本两分，生死只在一念。可就有不信话的，偏要试试，弄得上吐下泻，一身臭熏熏的沾满绿头苍蝇。这些年就老山救助的不下十人。老山总是搞不懂，刻得字明字显的，偏就禁不住，难道心清心浊自己会不明白？

两人缓缓气，由着山路歪来扭去引向大山深处。

在鹰嘴岩，老山又去岩边看了看，没有人来过的痕迹，才放心回到路上。

每到枫树叶红的季节，这儿最闹热。鹰嘴岩上，手臂林立，荧光闪闪，只为一片枫叶永恒，相机后面的脑袋如痴如狂。那段日子过后，寒冷的山风将人气散得干干净净。偶尔瞧见人影晃动，十之八九是不想活了，来此寻找地狱之门。往往是几经徘徊，然后纵身一跃，再过一段日子，岩下增添白骨一堆。石老山每次路过时格外留神，只要有人，他必去搭讪几句，凭气色断对方生死，真还劝活了几个。即使像今天这样没人，也要去瞅瞅，若发现有人来过的痕迹，必绕道岩下，一有异常，马上去报告。历届派出所的头儿也好，兵也好，没有他不熟的。大凡涉及这方的案子，破案没有一次会少了他。那年，两个持枪逃犯在这据险顽抗，几百人围住。为减少伤亡，石老书记把老山找来。老山问要活的嘛还是死的？听说死的活的都行，老山转身进了密林，不一会，逃犯匿身的上方，轰隆隆一阵巨响，乱石奔腾呼啸而来，一场碾压之后，恰好死的活的都有。像这种石头阵，山上还有好几处，全是按石老书记的要求，关键地方布置，关键时刻使用。

恰似一次巡山，收兵回营已是身影西斜。一黄一黑两条猎狗自残破的寨门射出，跟着一群狗崽，如喽啰一路呐喊，迎接寨主回山。

三　坚守，决不为了贫困

岩壁上刻的红军标语还在，父亲在时常指着它说，那就是欠条，欠老百姓一个好日子。

镇党代会只开了一天，较县上少两天。但休会、举手的次数一样，绝不因为主席台小些议程就少走几步。后来闭幕晚了点，是当选的何书记太激动，不倾诉憋不住。他才去了火塘山回来，有太多想不到，每个想不到后面紧跟着一个有愧于，迫切需要和一班人及代表们交流。

石现没受邀去台上坐，平生最不愿听人背着脸说话。石现在第一排正对着何书记，听他一个连一个说没想到！石现不以为然，看何书记惊讶万分说道寶人，说道抗元，说道白莲教……心想，这些是古人，你没见过没听说过，肯定想不到。可红军你没听说过？大坡上红军留下的标语你没看见？一惊一乍的。还说山上穷成这样的没见过，那意思非洲都赶不上这儿穷了。没家具，没电器，没存款……咋不说他没怨言，没颓废，没胡来呢？说别人，我或许不清楚，说老山两口子，我还不晓得？说他苦，我没二话，若说他苦得比杨白劳还苦，比吴琼花还苦，比他妈还苦，我不赞成。不信你问问他俩本人，是现在苦还是过去苦？尤其是听何书记说他因此感到愧疚，感到对不起老区人民。这话有点过了，就是愧疚也该我们这般年老的说。自闹革命起快百年了，岩壁上刻的红军标语还在，父亲在时常指着它说，那就是欠条，欠老百姓一个好日子。老山就在那儿等。而今精准扶贫就是清账，不落下一个人，不再有尾欠，还得老百姓认可才行。想到此，石现心里一股苦味，喉头动动，今年非把老山搬下山，捆也要把他捆下山来。

可接下来的话让石现坐不住了。何书记含着泪说，想不到两个老党员为了组织一个嘱托，坚守阵地五十五年，五十五年啊！没有报酬，没有荣誉啊！同志们！何书记张开五指伸出来，凝重得如托起一座大山。这是信仰的力量，是党员的品质。石现总觉得说法文气了点，石老山没那么斯文，就是一个死心眼，对上对下，对祖宗后人，认准不改的死心眼，是山上汉子的厚道和倔犟。

对何书记的夸奖，石现暗暗叫苦，老山夫妇正为此不下山，你还夸他，不就是给他理由吗？按你说这意思，老山不仅不该搬迁，还得再动员几个人，像他那样到山上去坚守。石现搞不懂，到底要他下山还是不要他下山？何书记的意思最后说明了，是下了决心的，年前必须请两位老人下山，不能让英雄流血又流泪。特别点名石家梁村党支部，年前的所有工作就是搬迁二字，石老山不下山，第一书记要追责，支部要重组。

石现愣了愣，活到现在，还没有人这样板着脸说他。当年在部队，海峡对岸号称要打过来，首长动员时板着脸，但那是给对岸的人看。而今一个毛头小伙子，开口追责，闭口重组，这吓谁呀？石现几次想站起来，终究没站起来，几十年的从政修养不易，别豁的一站给整没了。

其实，何书记路子不对，震慑人的招数一定要使人恐惧，要剥夺的一定是对方舍不得的心肝肉，离不了的命根子。追责，重组，对一个早已远离权力的耄耋老人，别说震慑，说不定正是他解脱的好机会。石现回到山上，压根就没想到个人有啥贪图。一个山区的村支书的权力和好处，犹如嘴角上一颗饭粒，吃不饱也饿不死。若不是扶贫一个不能少的要求，十个石老山再待在山上一万年，也碍不着任何人。可石老山要下山是石承的责任,是何书记代表组织对石家梁村党支部的要求。石现这辈子还没有完不成任务的记录,老了更不想破这例。石现了解石老山花了几十年时间,远比何书记见一面谈几句真切。你夸他坚守,又因他清贫要他搬迁,一边在动员,一边又端个椅子让他坐下来享受表扬,这颠来倒去,别说石老山会搞糊涂,就是我石现都搞糊涂了。

石现想找何书记谈谈。

这种想法自镇上提出老山搬迁的任务时就有了。全村在家的五个党员,刚好符合建支部的规定。去年底黄主任迁出去了,支部险些合并。幸好石承回来了。而今要老山夫妇搬迁到大田村,三个党员只够一个党小组。自闹红军那年成立石家梁村支部,而今快百年了,从第一位洪书记到自己,前前后后十个支书,出了七个烈士,病死一个,老死一个,可支部班子没散。当年打工浪潮卷来,没人接任支部书记,父亲圆睁着眼不咽气。石现哽着喉嗓答应老人回来,确保石家梁村党支部班子不散,人心不乱,阵地不丢。有了这句话,老人才一口气咽下去。

石现回来了,班子没散,父亲走后,再没换过届;人心没乱,乱了的人都出山了;阵地还在,守阵地人快走光了。老山夫妇还在前沿,石现一家还在。现在命令到了,撤出阵地,下一步该咋办？石现有点心乱了。

　　临来时，老伴特意给石现换上正装，边扣钮子边叮嘱，书记年轻，你不年轻，别动不动与人顶起。书记新来乍到，不了解情况，你耐心跟他说。他听你就说，不听就不说。书记听就跟书记说，镇长听就跟镇长说。两个都不听，石现笑着打断，回来跟你说。老伴认真回道，是嘛！我听了好劝你呀。

　　会前，石现找过范镇长，就石家梁村支部合并的事，说了自己的想法。他愿意辞职，建议由石老山接任，等石老山夫妇搬下山后，他一家也回城里。党员都没有了，支部自然解散了。范镇长不答应，你让石老山当支书，他更不会下山。你要辞职，也得把搬迁的事做完了再说。石现觉得镇上安了心，这个散伙书记非要他当不可。石现又问他，从邻近大田村转几个党员过来行不行？范镇长只是笑笑，那意味好像是小娃娃要摘星星玩似的。

　　不过，从今天何书记的口里，石现看到了一丝转机。若是石老山夫妇硬是不下山，支部还有保下来的希望。何书记虽说是再三要求石老山搬下山来，但对石老山在山上的价值和作为还是肯定的，把他俩当英雄楷模夸。既是如此，那英雄楷模的要求也不得不考虑。想到这，人一下子轻松起来，再不担心石老山不下山，反倒望他嘴儿再咬紧点。

石现立即找到儿子,要他明天上火塘山去。石承问父亲,我去对老山叔咋说?石现回答简单,何书记在会上咋说的,你学给他听就行了。石承眼前顿时隔了一层毛玻璃,弄不清父亲想干啥?那天我在场,何书记已当面夸过他了,我再去说不多余的事?石现一瞪眼,何书记要求大家向他学习的话,那天怕没说吧?就是说过了,你去再说一遍也无妨。石承看眼前的父亲愈发晃悠模糊,啥意思?你当何书记的话是白斩鸡,非得要我去添盐加醋才行?我不去!石承大声回了一句,调转屁股气冲冲地走了。望着儿子的背影,石现虽是气大,也无奈何。毕竟是公事,第一书记说了算。

翠婶急了,老头子开会回来阴着脸不理人,只管闷头收拾东西。问干啥?明天上火塘山。再问,啥都不说。翠婶赶紧去找儿子,啥事恁急?非得你爹拖着病身子去爬山?只怕是走着去,抬着回来。听儿子说清缘由,翠婶又好气又好笑,晓得老头子一根筋的毛病又犯了,强扭会砰地一声断裂出事,只得劝说儿子,你也是,都满四十的人了,还跟小娃儿样,去跟老人赌气。听娘的,去跟你爹认个错,哄着他留下来。你再到火塘山去一趟,你想咋说就咋说,他又听不见。还特别告诫石承,你爹都七老八十的人了,真有个好歹,到时候你沿山沿岭去哭爹,那才好听。石承肠子刚捋直又嗖的一下委屈成十八弯,我前几天才陪何书记去了的,老山叔正愁没理由不下山,先前还在观望,我这去给他戴高帽子,他会一屁股坐下来不动。翠婶气这父子俩都是一根筋,傻娃娃,你不晓得说别的呀?我说啥?我说姜婶呐,你弄的野味才好吃哟,当侄儿的又来了!

外面传来石现的吼声,老婆子,你给我出来!不求他!我自己去。

四　守望

两位老人在火塘山，有事没事都往山下看，最想看的是人影。

起雾了，很浓，天地尽入了梦里。石现照常开门喊山，声音没醒过来，懵懂含混。活动活动手脚，无影无形。一片茫茫，茫茫中忧心忡忡。

老伴叫他进屋，坐下，看她从里屋拿出细篾背篼，老辈人传下的物件，栗红中泛出麦黄。老伴从桌上一件件往里装东西，边装边问，你再想一想哟，还有啥忘了的？

石现半眯着眼，像当年部队打靶，就着一丝灯光，瞄准老伴手中物品，半天才砰的一声吐一个字出来，药。翠婶随即应答，降压的、降糖的、降脂的、救心丸、泻立停，石现突然喊声停！拿了多少？翠婶，各包了几片。石现，全部带上。

翠婶进里屋取出药瓶，塞进背篼，嘴里嘀咕，这又不是糖果，你带恁多做啥？见老头子没吭声，继续往下装，放一样，报一样，止血的、消炎的、绷带，药胶布，药完了。石现用手止住翠婶，你叫石承起来，去镇上再多买点回来。翠婶没动，还不够？你要当饭吃呀！用不了，给老山留着。人家又没病。那给猪留着。野猪你也管啊？话才多，快去！翠婶仍旧不动，石承早走了。镇上来电话叫他去接客人。

石现打电话给儿子，问清是上面派来考察的，满满一车人，打算在云门口吃午饭，晚上住火塘山。车上啥都有。还问，你去不去？

石现想去呀！老伴也想儿子同去，凑上来要说几句，正要开口，里面有人插话。石现摆摆手，屏住气听，听着听着，突然气呼呼冒出一句，不去了！

等老头子坐稳，气出均匀了，翠婶小心问，咋又不去啦？

石现又开始出粗气，人家不要我们去，嫌老啦！谁呀？是石承吗？翠婶不相信儿子有这个胆量。

量他不敢，石现也是这样想，即使不愿老人同行，那也是关心体谅。可话从那帮专家嘴里出来，分明是瞧不起人，把自己当作累赘。不等儿子转达，老子先给他回绝了。翠婶在老头子面前站了一会儿，确认是真不去了，把桌上东西收归原处，直到老头子顶上竖起的头发软下来了，才过去劝说，人家来干啥你都不清楚，万一是打野猪的，叫你去合适吗？就你这身子，每天一大包药，万一吃错了人家担不起责。再说我也不放心。上次何书记去，照样不要你陪，没见你变脸色，今天咋的啦？还想上山去躲猫猫玩？

今天咋的啦？石现心里也不明白。上次何书记进山，是先来自己这儿，说了进山的打算，去和不去由自个定。还说老领导若是不放心，就再带年轻人走一程，若老领导信得过，就让石承引个路。话说得多好哇！这才叫水平，哪像先前的狗屁专家，人没见着，就断定我老了不中用，别在路上病了，还得请人抬回来。从小是人中尖子，突然成了一个走路都让人不放心的废物，石现着实窝气。可转念想想老伴的劝解，也是实话，人家来做啥的？若是访贫问苦，宣传慰问，自己尚能将就陪陪。真是野外考察，攀岩越壁，钻林子探溶洞，倒回去二十年还可以，现在硬要跟去，换了自己，也得考虑一副担架备上。气只要不憋，它就是软的，心里稍顺，又打电话给儿子问实情。石承正爬坡，手机里满是粗气喷来，人家是来实地考察，看这儿的资源，人文的，自然的，好确定是开发，还是保护。

几句话让石现双肩一沉，顿时感到责任来了，决定这块土地命运的大事，石家梁村党支部不能缺席。略微思忖，有话必须讲。叫住儿子，你停下来，我说你记，样样给我落到实处。

石承没取本子没取笔，只用几声夹着喘气声的哦哦应付老人。晓得老人要说啥，中午煮饭，善恶泉的水不能饮用；过鹰嘴岩别忘了点一堆烟火，老山叔看见会下来迎接，没有老山叔的接引护送，偏岩子那群野猪不会让路的。火塘山晚上冷，火塘要烧旺一点，必要时可烧一些干柴块；要给老山叔议好价，由村上支付，不要上面给，更不要来的客人付，别丢了石家梁村的脸。切记！切记！

还有无论是开发，还是保护，千万别多嘴，由专家定。你爷爷和我都干过傻事，至今想起来脸都没放处。另外，老山叔下山的事，最好别提起，无论是开发，还是保护都离不开他，……喂！你在听没有？突然想起山上没了信号。

石承早关了机。正爬坡，举着手机又费力，又不好看。前面那些事，父亲不知说了多少遍，听的人记得，说的人忘了。

善恶泉的水压根就没想去喝，背包里矿泉水多的是。到时是得请教请教专家，破破这个谜，为啥同样的水，取的人不同，结果会不同？过鹰嘴岩点烟发信号，上次试过，烟火一升起，老山叔就到了。这些年，老山叔别的没攒下，望远镜存了不少，石承就送过两个，其中一个带红外夜视。恰好鹰嘴岩突出，只要天晴，借助望远镜，有人没人能一眼看清，就是几只野猪下山，都分得清公母。两位老人在火塘山，有事没事都往山下看，最想看的是人影。人多，可能是镇上的客人，也可能是生意，得做好接待的准备。人少，尤其是单个人，孤零零往山上闯，得多个心眼，怜悯和戒备都得有。

偏岩子的野猪是个麻烦，特别是带崽的母猪，见人靠近就往前拱，这些年也伤了不少人。每年枫树叶红，游客来临前，鹰嘴岩上早早竖起一块大牌子，野猪伤人危险！严禁私自上山。这群野猪也怪，就听老山叔的。他管猪王叫猪仔，据说是老山叔收养的一只小猪，长大后，老山叔帮它打败了原来的猪王，坐上皇位，老山叔成了太上皇。只要老山叔一声吆喝，大大小小二十多头野猪全都规规矩矩躲一边去。火塘山上还有七八头野猪，全是老山叔收养的伤残猪，那更听话。翠婶说那是老山叔的干儿干女，白天漫山跑，一到天黑，全到火塘山原生产队保管室过夜。这帮野物，遇上生人，吭哧吭哧不停声，弄不懂是欢迎还是发怒。每年都有偷猎的，死了不少的猪，也伤了不少人。老山叔一年四季忙，为救人与猪拼过命，为救猪，也与人拼过命。无论是猪伤人，还是人伤猪，都少不了老山叔的救助。有次，老山叔遇上麻烦，人和猪同时受伤，双方还不愿和解,弄得老山叔救谁都危险。多亏翠婶出面,她把人劝开,老山叔把猪引走,才免了一场惨案。

十多人的住宿没法解决,没法解决就得自行解决,好在都带了睡袋。一口火塘就是一张硕大的床。柴火不用愁,现在山里人少,朽木枯枝烧不完,房前屋后全是堆码好的。这些年老爸没上过山,不晓得现在的情形。真缺的还是食物。山上的主食是苞谷、洋芋,吃一两顿还特别香,多吃几顿不行。大米带得有,可大锅忘记带了,上面的吊锅小了点,到时还要靠老山叔想办法解决。

老山叔迁下山是肯定的,这次一定要说好,约定时间搬迁。过年没几个月时间了,再不能来来回回瞎跑。无论是开发或是保护,两位老人都不能再待下去。何况从考察到实施还不是一时半会能完成,别事没批下来,人早没了。

爬上一面陡坡后,众人像从开水锅里捞出来,一个个大汗淋淋。在一个稍稍平缓的转弯处,不用招呼,众人停下来。几位教授将背包卸下,一身轻松,长长的出一口气,冲着山谷哟——嚯——嚯,无师自通彪出来。毕竟不是山里汉子,共鸣放在体内,文绉绉的,终归是舞台上的腔调,在大山的怀里荡了荡,如同奶声奶气的娃娃,萌翻了众人。

石承喉头发痒,扔下背包,学父亲的样子,在路边立定,深吸一口气，饱含乡情，哟——嚯——嚯，一顿毛吼，声音浑圆高亢。山谷随即一阵哟——嚯——嚯，给这位山里娃子的后人慷慨回应。

哟——嚯——嚯，半空里一阵喊山传来，粗犷豪放，浑厚天成，如一声闷雷在山谷滚过。石承仰望云门口，大声喊道，老山叔——

五　山路弯弯

老山……你喊啥？怕人听不见啊？你就那样随便一说，封山开山都管用。信不？

石老山也是刚到这里，早上发现捕鸟的，他去把鸟儿放了，绞了网，再顺道寻鸟贩子到了云门口。听见喊山，高兴得像过年家里来了客人，赶紧应了几声，殊不知真是镇上的客人到了。见了面就拎着客人的包往村公所带。村公所大门从里面闩着，石老山翻窗进去打开门，找出一个扫帚，把条石凳子扫了扫，安顿众人坐下。偏起头看看天上太阳，说声，该吃午饭了。

午饭原本打算吃干粮的，有了老山张罗，自然换成吃热食。老山从外面垮塌的房舍里,翻捡出一个瓦盆,再寻出两只铁桶来,看看锈得不行,扔掉。又翻找,再没合适的盛水器具,索性用瓦盆到屋后面善恶泉下洗净,再装满泉水回来,放在灶上。叫石承去附近拾些柴火,干柴猛火,一会儿水开了。他从自个背篼里拎出一只死了的野鸡,脚爪已经被铁夹夹断,鸟贩子没来得及带走的,在开水里滚两滚,三两下褪去毛,取出柴刀剖开,再去后面打来泉水,放进洗净的野鸡,再从背兜里找出些鲜菇、野果、野菜,用泉水洗去泥沙,扭断掰碎放在盆里,撒上盐巴。顿时,香味四溢。外面坐着的人经不住诱惑,一个个咽着口水进来看稀奇。

鲜鸡汤泡方便面,一阵风过,瓦盆见了底。老山又要续水再烧,被何书记拦住,我们还是赶路吧,万一天黑了不好办。老山笑笑,还早,赶紧点,再有个来回天都不会黑。石承提醒,老山叔,你可以,客人不行。怕天晚了,你那猪儿猪女不听招呼。

老山将背篼往肩上一挎,走吧!

太阳从这边山头踱到那边山头,山风打着口哨从林子穿过,惊得地上零碎光斑活蹦乱跳。不时有雀鸟野鸡噗的一声飞出,转瞬又消失在山林深处。大山与客人用新奇的眼光相互打量,为日后的交流准备好话题。

石承问，老山叔，你咋来了？石老山耸耸身后背篼，有几个网鸟的跑了，我怕他们喝这泉水出事，急着赶来的。听见这话，范镇长猛然想起刚刚吃的方便面，正是用善恶泉烧的汤，眼里顿时起了疑云，泉水在里面善恶难分，眉头迅速收拢，真怕这一路人有个好歹。再看老山满脸自信，自觉担心也无用，欲言又止。可泉水由此在众人口里流淌，几位教授开始旁征博引。泉水能扬善惩恶，这种传说见得多，众教授一笑统一认识。石承见人质疑，斩钉截铁辩道，那还有假，多少人试过又试过。

范镇长脸红了，他生怕石承举例证明。这石家梁村人人都晓得的例子，主角就是他。那年暑天，下村到云门口，范镇长听人说了善恶泉的神奇，脸上笑笑，同眼下的教授一样，笑意从眼角滑向嘴角。何镇长为教育村社土包子别搞迷信，竟以身示范，潇洒轻松舀了一碗，推开前来劝阻的孙家人，咕咕一饮而尽，将碗重重搁下，用手抹去嘴角水珠，露出一丝不屑。那神情，赛过百毒不侵的铁打金刚。可后来，范镇长至今想起都打冷噤，那是上吐下泄，金刚顿时现出泥胎原形。幸好孙家给解药及时才勉强下山，回去后吃了两周中药才复原。眼见石承费力申辩，生怕他一不小心抖出来，忙开口自个抢先解脱，不说了，那龟儿泉水是有点灵！

一路上，拍照，议论，东看西瞅，过偏岩子时，日头已抢先到了火塘山，正用霞光召唤大家。石老山说声，石承你领他们后面跟着，我去前面把猪儿招呼好。话完，快步离去。众人腰板打直，暗暗加快脚步跟着。只听前面的石老山大声吆喝，猪儿罗罗，罗哇罗哇罗……山谷回声中，一群野猪跟在一头健壮的秃头野公猪后面，拖儿带母，吭哧吭哧跑到路对面的林子里去了。

正当夕阳西下，四周山峦层林血染，太阳悠闲落进火塘山，夜幕慢慢收束，天地换上墨玉般的睡袍。山林寂静安详，夜风洗净一天的疲乏，深邃中孕育新的轮回。

石老山的火塘亮得发白，吊锅里哧哧喷着白汽，腊肉炖山鸡鲜菇，几股香味杂糅一起，伴随哧哧白汽喷撒，将众人牢牢拴在火塘四周。老山用火钳在炉灰里不断拨拉，时不时夹出一个烤洋芋，扔给手空着的人，拍打拍打，焦香味如一只小飞虫，扇着翅膀直往鼻子里钻。每人面前一个大碗，装满自酿的包谷咂酒，将就城里人不用竹管，径直滗出浆液来，酸甜酸甜。吸一口满嘴喷香。

经过一天的考察，几位教授感慨体悟颇多，当地人看来寻常的雀鸟树子，经他们眼光一扫，再从嘴儿出来就成了凤凰摇钱树。何书记、范镇长打探的欲望一下提升到云中，兴奋之余,多少有点不踏实,想吃个定心汤圆。可说法不一,甚至相反。到底谁对?明知判决权不在这些人手上,上面认可谁,谁就对。照教授们的说法,无论是开发,还是保护,都离不开一个管字。谁来管?教授不会管这事。傻子都明白,可教授不会说,当然是石老山呀!可石老山夫妇不搬迁就脱不了贫。何书记埋怨范镇长,当初咋定这两位老神仙下凡。范镇长一腔苦水往肚里咽,这深山里只他这一户了,他不穷谁穷?你看见的,电器没有,家具没有,装潢全靠灰尘,这日子就是修道念佛也没几人熬得下去。你上次来不也是坚决要他搬迁吗?何书记叹了一口气,唉!谁晓得上面考察的会来这么早,再晚点……

  待大家借着酒意等梦来,老山叫上石承,撮了一堆炭火在瓦盆里,拎起来往另一间屋去。两叔侄围着火盆,就开山或封山议论起来。老山得靠这个本家侄子给比划比划,帮他弄清楚,无论开山或是封山,到底是啥景象?有了底,他才好给老伴说道说道,不然又要被老伴笑话是傻蛤蟆,只会鼓气瞎叫唤。听石承说开发好比过去的开山,保护好比过去的封山,他似乎啥都明白了。提到开山他就想起当年云门口的热闹。提到封山,他就想起当年林子里百兽朝山,百鸟争鸣的景象。好是好,怕是难做到。人都走光了,哪来的热闹?说吸引人来,人家为啥要来?人来多了人气倒是旺了,可对林子的元气伤害就大。这些年林子好不容易有些生气，过去绝迹的红肚锦雉、白肚锦雉都出现了。可真要是开山不管，任凭下套架网，要不了几年又会把林子好东西弄绝。开山与封山，自古来是一对冤家，从来是有我无他。石老山小心问石承，你看这能办成不？过去山上也热闹过，那时不通车，人们必走这千年不改的驿道。现在住户都走光了，你能用竹杆拦回来？过去山上闹土匪，有虎豹出没，没人敢进林子招惹。土匪也打猎，但猎物主要是人，是有钱人。而今的人胆大，没了土匪，也没了虎豹，放心大胆进林子下套布网。若不是还有几群野猪在这吭哧，那些倒腾山货的怕是要排起长队进山剿杀。

　　石承乘机施展劝功，老山叔，管他开山还是封山，你都得下山。见老山一脸迷惑，把话掰开说，你细细想想，若是开山，开发商能允许你天天带一群亲朋好友进出不买票？若是封山，政府首先要清场，第一个就要把你搬走。话才出口，石承后悔了，真想给自己嘴儿一巴掌，开口一个政府，闭口一个开发商，说不定老山叔正等着这些人来赔偿。这个臭嘴儿！石承使劲拧了一把。老山正发愣，见石承拧自己嘴儿，只道他是给自己通信漏了嘴后悔。反过来劝石承，没事，我不会说是你告诉的。

　　不过这事能成吗？石老山再次问道。石承暗笑这老叔少见识,没去过山外看看,而今的中国还没有政府想办办不成的事。石承头一扬,眼里充满博大精深,你这算啥?你晓得三峡水库吗?老山点头,听说过,没见过。那你晓得南水北调吧,老山摇头,没听说过。石承说,你该到外面去好好走走,远的不说,就去县城看看,看了你才晓得什么叫改天换地,什么叫移山填海。不是你早些年学大寨,抬几个石头,造几块梯田就叫日月换新天。老山纠正,我那不叫梯田,叫"火塘一号",又觉漏了嘴,忙改口,叫梯地,种苞谷的。

正说得起劲,姜婶过来找人,见两叔侄躲在一边,问,你们在说啥悄悄话?老山叔热炒热卖,把开山封山的事学了一遍。姜婶也算云门口大户人家的闺女,常爱说老伴头发短,见识也短。眼下听老伴在自己面前炫见识,笑这老汉到老也没改充能的德性。待他说得差不多了,赏他一句,别说这么多,你拿准了没有?石老山一本正经回道,这不正说呢,你也来拿个主意。姜婶拿话激他,开山封山关你啥事?我在里面听了半天,客人都还没拿定主意,你在外面瞎忙乎啥?把侄子弄到一旁向冷灶,警防冻着了,翠嫂子揪你耳朵。

老山问石承,他们要人带路不?这还用说,到你这儿来,就是要你带路。老山又问,是一路走还是分路走?石承略微想想,考察的对象不同,可能是两路吧?老山觉得有意思,将身子向石承靠了靠,你给叔说说,他们想看什么?石承张口就来,搞封山的主要看你这有没有稀奇花草树木,有没有珍禽怪兽,如熊猫啊,老虎啊,豹子啊,……老山似有所得,又问,那开山的看啥?石承回道,这一路看你有啥龙门阵摆,有啥古人留下的东西……

老山长长哦了一声,好像彻底懂了。招手叫老伴过来,凑近耳朵嘀咕几句。老伴惊讶,都绝了好多年了,瞎编好不?你喊啥?怕人听不见啊?你就那样随便一说,封山开山都管用。信不?

月亮上了山巅,身形小了胆也小,后半夜悄悄探出头来,像个害羞的小姑娘,一直在外偷听。可几位的摆谈东拉西扯,月亮听得不明不白,悻悻地离开火塘山,晨曦随后露出粉白的脸庞。

六　永远的火塘

  姜婶……这可不比当和尚，一个住持就可以打坐念经。

  几天不见儿子音讯，石现心里悬吊吊的。白天觉太阳太亮，夜里又嫌灯光太暗，横竖找不着舒畅在哪儿？老伴晓得他脾性，称这是猫儿疯发了，索性不找他，私下设法找他牵挂的人，人找来，啥病都好了。儿子也是越大越不知事，明知父亲心里惦记着老山搬迁的事，好歹也该早点传个信回来，哪怕是个谎话也好，免得当爹的像猴子跳圈似的急。每次见石现掏出手机，老伴就提醒他山上没信号。往镇上打电话也说不晓得，只说是快下山了。快到什么时候，也许明天，也许后天，再长的等候，几个也许就到了。

老伴平素时笑过石现，天生的急性子，几十岁的人了，咋像个毛爪爪的半大娃娃，做事没个耐性。从部队转业回来也有几十年了，咋还改不了风风火火的性子。石现素来听老伴劝，爱说老话好，听人劝，吃饱饭。但眼下却不认这个理了，鼓起眼睛冲老伴直嚷嚷，你着啥急？没心没肺的，火上了房顶水淹到床下你都不在乎。老伴笑了，换成别的事，这话该她说。那年物质还计划供应，全家一个月的糖票，盐票，肉票，油票，全给她洗衣服揉烂了，她急得在床上不吃不喝。石现笑嘻嘻地劝她，多大个事？不就一个月不沾油腥嘛。小时候一年不沾油腥都过来了，别气！别气！可听说烟票也没了，石现一下蹦起来，你个瓜婆娘吔，烟票领回来我就叫全买了，你非要省着用。

这不明摆着，谁在乎，谁上心。

石现急，是在乎石老山搬迁的事。才得到消息，镇上已打报告，撤销石家梁村党支部，理由是党员人数不够。石现不认可，石家梁村党支部最少时只有两个半党员，一个是石老山的妈，一个是第一任支书洪大爷，还有一个在监狱里生死不知，可支部还在。再后来，华云山起义失败后，几个伤员连同第七任村支书石成，一同饿死在山洞里，可石家梁村党支部仍还在。老头子从部队回来，是向石老山的妈报到。当时老太婆拿着介绍信发抖,老山他叔呀,你可回来了!我不识字,当支书难啊!可难也得干,我还得把几个党员团着呀!几句话,第八任支书完成了向第九任支书的交接。

石现是第十任,是和父亲用眼神交接的。石家梁村当时报表上还有党员三十多人,可大多出外打工经商去了,留在家里的都是土改时入党的老人。稍稍年轻一点的,又嫌报酬少,每月一点提留和误工补贴,还不及外面干一天的收入多。一天的收入干三十天的活,别说年轻人不干,就是在任的,打退堂鼓的也不少。当听说石现退休回来干村支书,当初可是从乡到区,到县到地区都是竖大拇指的。上一次修县志,专门有一章写老区的党组织建设,石家梁村党支部又单独写一节。从红军走后,到解放军回来,前后八任,七位烈士,前赴后继,慷慨赴义。县志这一章节的标题是:永远的火塘。

而今石现也老了,支部又面临后继无人的状况,比父亲那时还严峻。不仅是缺支书,连党员都缺,留守的人不是老就是小,发展党员的苗子都没有。他想过让石承回来,每次提起都被老伴岔了,你不看看石家梁村都啥情景了,你让石承回来做啥?这可不比当和尚,一个住持就可以打坐念经。

一种预感时时在石现心里滋长,他可能是石家梁村的散伙支书。随着山上人越来越少,自己年纪起来越大,尤其是黄主任迁走后，焦虑和不安越缠越紧。他跟老伴说过，我若哪天没了，又找不着合适的人，组织上找不找你，你都得干。老伴说他瞎操心，我俩谁走前面都说不定。自打石承回来当第一书记，石现委实松了一口气，至少他咽气之前，石家梁村党支部不会缺书记了。可万万没想到，这个第一书记不是来补台，而是来拆台的，他的任务就是把党员迁走，最终把支部拆散。

搬迁！这两个字太苦涩了，一直让石现吐不出，咽不下。

为老山着想，石现也想他搬下山来。老山太苦了，小时和石现一样，共匪的孩子，黄连泡大的童年。自己好一点的是母亲娘家不沾红，实在过不下去时，有舅舅家接济。与石现不同，老山红透了，洪书记是他大舅，还有三舅，五舅都当红军去了。母亲还是被追杀的对象。老山很多时候是放在石现家，两个小伙伴常在一起上山讨生活。自己远不及老山野和犟。一次上山挖笋子，远远看见一只野兔，老山说今天有肉吃了，自己压根不信他能撵上兔子。结果他远远地爬上山，从上往下追，真叫他抓住了。吃饭时，母亲给他多夹了几块肉，他还分给自己两块。老山胆子特大，那时才十多岁的娃娃，敢一个人摸黑走夜路，从火塘山到镇上送信，他可以夜里走个来回。山路特熟，当年土匪与县城的团练干仗，拿粮食换他去带路。华云山起义失败后，伤员就是由他去找山洞安置照看。娘说出了叛徒，千万要他别暴露，只许娘找他，不许他找娘。可后来大人打散了，他一个小孩，没药品，没粮食，靠他每天采野果、野菇维持，眼睁睁看着伤员一个个死去。至今提起，老山都泪眼眨巴不停，责怪自己太傻。

照石老山的资历，早就可以进城谋职了。没进城，只怪那次抓土匪头子立了大功。县上开庆功会，调他到乡上任职，通知书到了，他却不要，跟翠婶去领了个结婚证回来。翠婶娘家以前经营云门口客栈，还替城里的袍哥舵爷魏半城打理山林，不在劳动人民之列，党员要同她划清界限。虽说土匪血洗了翠婶一家，但政府定为狗咬狗，翠婶依然不能算人民内部的人。当时石老爷子问山娃子，你要进城，还是要这个女人？石老山一口回道，做人说话总要算数。石老爷子问，谁说话不算数？立功进城的通知都下来了，还有啥没算数？石老山犟着头说，不是这些，我说的是娶姜姑娘。石老爷子迷糊了，没人给你许这个愿！石老山说，姜姑娘许的。说这话时，老山的娘就在旁边，气得直跺脚，憨儿子，现在不是她嫁不嫁你，是你不能娶她！石老山莽声莽气回道，我说过要娶她的。石老爷子环顾众人，问他跟谁说过？大家都摇头。石老山闷起冒了一句，跟罗二老剪说过。这个土匪头子被抓时曾问过石老山，在山上这些年，我们可从没为难过你娘俩，你现在不要命地追杀我，到底为了啥？石老山一句话，娶姜姑娘。

后来听人说，罗二老剪当时气得吐血，早晓得，直接抢来送给你得了。

自此后，石老山和进城的小伙伴拉开了差距，而且越来越大。两个孩子八九岁才上学，女儿石花初中毕业即出外打工，嫁给一个砖匠。儿子石勇，模样随姜婶，高高大大一个俊小伙，聪明好学，是石家梁村第一个考上高中的学生。暑假回火塘山，突发急病，人没抬到医院就死在路上。姜婶泪流干，老山一下苍老许多，夫妇俩因此很少下山，就怕碰见熟人问起儿子的事。

石现多次同老山聊过下山的事，也劝他搬下山，挨着公路建个房子，看病方便。老山总是摇头。姜婶两手一摊，下山，哪来的钱？后来云门口的人走空了，空闲房子有的是。石现劝他下来，到底要近些。东劝西劝才说通，住了不到半年，姜婶见了娘家房子就伤心，总觉心神不安。一家人的坟茔就在后面，白天见了流泪，梦里吓得冒汗，认定离开火塘山是犯了多大个错。老山也嫌这儿没生气，不仅人少，连野物都少。还是留恋火塘山的火塘和那片看不透的山林，还有"火塘一号"和那片亲人烈士的坟茔……悄悄地又搬了回去。

这次脱贫，说的是一个不能少，全部进入小康。老山夫妇不搬,石家梁村就脱不了贫。可老山没当回事,他不晓得自己贫困在哪?现在的日子多好!不愁吃不愁穿,没人逼债,没人打劫,连林子里的鸟儿叫起来声音都清脆。弄不清为啥好好的非要他搬。

石现正在替老山嘀咕,老伴过来说,镇上来电话通知你开会,再三说把爹那个布防图带上。

七　失守

老山脸挂不住了，自己坚守了大半辈子的秘密，竟被人剥个精光……

说好在县政府开会，临时改在武装部，只为那儿专门堆了一个沙盘，方便解说。石老爷子在世时同武装部来往多，记得还兼了个顾问啥的。老爷子搞的"火塘一号"，在今天的人看来不可理喻，但在当时，那可是正正经经的军事工程。虽说没花多少钱，可操了不少心。从公社（现在的乡）到县，到地区（现在的市），可是层层来检查观摩过。全地区的战备工程，清一色挖防空洞，耗子样钻洞挨打，哪比得上"火塘一号"能攻能防。武装部来了一个参谋，在石老书记指导下，忙活了两三个月,单图纸就有多高一摞,全在封面打上绝密字样。老书记把这事看得重,特别是灾荒年月,海峡对岸和邻国吵吵嚷嚷要打仗,当地又冒出一个自封"皇帝"的闹剧,要把火塘山做"行宫",备战成了吃饭之外第一要紧的事。有个战斗英雄在,石家梁村的硝烟味更重,那些年山上的云雾都格外诡谲。军人最重视保密,这事在村支部里,除了正副支书、民兵连长外,其他人一律不准过问。

石老山是民兵连长,又是火塘山本地人,路熟,老书记信得过,自始至终参加。后来情形缓和了,看样子一时半会打不起来,老书记还照常敲打老山,不能麻痹大意,对方亡我之心不死,随时要准备打仗。每年总要带着老山去"火塘一号"转转,小修小改不断。自然,任何改动都没有收益。包产下户后,这里的山林统了分,分了统,但"火塘一号"既不统也不分,成了石老山一个人的。在生命最后一刻,老书记将支书担子交给了儿子石现,将"火塘一号"交给了老山。图纸给了武装部一份,老书记留了一份。老山不需要图纸,整个"火塘一号"都在他心里。当初交任务时,老书记从古说到今,这儿就是一个战场,反政府的人都到这儿来安营扎寨。到了我们手里,是人民政府了,保不定还有人反对,国外的,海峡那边的,还有本地冒出来的,都会来利用这地形谋反。我们花心血弄"火塘一号",就是预防万一。老书记最后语重心长说,小山呀,我把它交给你了,你要像你爹一样,人在阵地在。

在那些动乱年代,有人闹皇帝,打不下县城,就想退守火塘山。搞武斗时,有一派也曾在云门口扎营,枪炮对着县城。这些事让老山时刻记在心里,更加佩服老书记看得远想得到。老书记死后又有几十年了,叛乱没有,但一些犯罪潜逃的,抢劫杀人的,也有好多起。只要到了老山的阵地面前,没有一个逃脱。镇上派出所历来换领导,都得把老山叫去当着新旧领导的面做个交结。

这次上面来考察,老山听石承说,无论是开山,还是封山,都要他迁走。他走了,这"火塘一号"咋办?还要不要?几天考察中,树儿鸟儿古人死人都问遍,就没人问这"火塘一号"的事。当然,这是保密的,他们应该不晓得,问了老山也不能说。但瞒着也不是事儿,万一他们糊里糊涂就定了,不由分说把我赶下山去,把"火塘一号"给毁了,死了咋跟爹交待,咋有脸见老书记?

石老山想,这不行,我得找人去。送考察队伍回镇上时,他悄悄找了派出所所长。所长感到这不是个事,你那啥年代的观念,就算全世界打起来了,也不用上你那火塘山攻防。老山急了,你不管,那好!你今后有啥再别找我。所长软了,不是不帮你，你说范镇长，何书记与你一路去一路来，你咋不跟他们说，找我有啥用？老山说，这不为了保密嘛。只求你给县武装部打个电话，当年就是他们来绘的图。所长说，好，好，这电话我打，人家咋说，我可管不了。

支走石老山，所长压根没给武装部打电话，反而当作一个笑话给何书记、范镇长讲，这两个人又当笑话给教授们讲了。可教授们没当笑话听，他们却像发现了宝贝样，马上找石老山问。石老山气得乱骂所长这个龟儿子大嘴巴，我保了几十年的密，你一张嘴就满世界传开了。

教授们原本就是两派，主张开发的，认定这里资源丰富，尤其是人文资源不可多得，从春秋战国时的窦人到东汉末年五斗米道，宋末元初的抗元，清朝的白莲教起义，到后来闹红军，华云山游击队起义，时间跨度之大，实属罕见。现在又有了石老山这样坚守"火塘一号"的动人事例，为传统旅游中添加了红色元素。主张保护的，认定这里有难得一见的原始森林，其中有国家列入保护目录中的红腹锦鸡、白腹锦鸡、大鲵。现在又听姜婵说有人看见老虎豹子回来了，先不管真假，单就这个说法就令人血脉贲张，再加上这样一个"火塘一号"，更不能轻易开放，要严加保护才对。在两方的强烈要求下，通气会增加了"火塘一号"的介绍，因此才有石现和石老山进城参会的通知。

　　武装部一下忙碌起来,将封存已久的战备档案全搬出来,几个干事累了一天,终于找到了当年的一个经验介绍材料。图纸不知是弄丢了,还是原本就没收进档案,总之没见着。当年石老革命搞这事时,据说部里就不很赞成,靠要塞防御的观点早过时了,很难设想在中国腹地会有地面作战。但碍于老革命的情面,派了几个人帮着搞了测绘,事过了也就过了。现在突然要讲解,还要沙盘,还要作专业解说。幸好石家梁村还有图纸,赶紧安排人,加班加点搞,终于在开会前弄出来了。

　　盯着沙盘,石老山的眼睛放光,这武装部的人硬是神仙,坐在家里就把火塘山给搬来了,一沟一岭,一洞一壁,丝毫不差。石老山就指望武装部给他撑腰,雄起,不准人动,不让人看,自己也因此留下来。

　　围着沙盘,一位年轻干事用标准的普通话和专业术语,在一根小巧的不锈钢教棍指引下,就着沙盘讲解。先从那时的国际国内形势说起,讲到当时风行全国的深挖洞,广积粮,备战备荒为人民,直截了当说,这项工程是同三线建设同一背景,同步进行的一个预设阵地。

　　从军事的角度,"火塘一号"依据攻防兼顾的设想构建。最突出的特点,是同一阵地建设,作了敌我双方攻防互换的设计，即阵地在我，能攻能守，若阵地在敌，守不能守，攻不能攻。同一阵地始终只为一方利用，这在古今中外的军事工程史上，独一无二。

干事指着沙盘上云门口说，这是第一道防线，构筑这道防线核心的是水。手中的棍子在图上画了一道圈，方圆几十里没有其他水源，只有这里有两股泉水常年不断，一名善泉，水质甘冽，一名恶泉，含有超大量的芒硝，性寒伤人。两泉的泉眼在同一处出现，恶泉在下，善泉在上，上下相隔不到一尺。古人有意将两眼泉水蓄在一处，让不知情者饮后腹泻。只要这分辨泉水的秘诀在我方手里，就可做到攻防自如。

几位教授颔首称是，只是难解泉水善恶可分，人的善恶如何分辨？

干事手中的不锈钢棍子移开沙盘上的古驿道，在鹰嘴岩停下来，这是第二道防线——鹰嘴岩。突出的岩石给予了绝佳视角，使上山之路一览无遗。古时候，这里只需放上几个弓箭手，便可封锁上山的路。现今条件下，也只须一个班，一挺机枪，便可令千军万马止步山前。可谓一夫当关，万夫莫开。为使对方守不住，"火塘一号"做了特殊设计。棍子移向鹰嘴岩上方一排排梯地，乱石砌成的保坎。正是这一排排梯地的乱石保坎，构成了对鹰嘴岩守军的致命武器。战时，只须几人，上得山去，将这保坎炸开，乱石滚下，管叫鹰嘴岩上片甲不存。

棍子移向山顶，这就是著名的火塘山。由于有耕地，有水，四面峻峭，自古以来，许多战败者到此避难。这便是"火塘一号"的第三道防线，也是关健部分。

棍子落在山背一个皱褶处，这里原有一个小溶洞，往上直通山顶。"火塘一号"在这儿作了隐蔽处理，高度保密，即使本地人也不准涉及。据说当时知情不超过三个人，而今只剩下一人，他就是当时的民兵连长石老山同志。

随即一阵掌声响起，石现使劲扯了老山的衣袖，朝上努努嘴，老山才满脸木然站起来。

棍子没动，解说继续，这个溶洞七弯八拐，同上面的另一个溶洞只有狭仄的裂缝相连，工程做了封闭处理，安置了仿岩石的活动门。战时，若我方防守，可作对外联络通道。若对方防守，可以此做突破口，或爆破，或截断水源，迫敌投降。

满堂响起掌声，赞赏声。老山脸挂不住了，自己捂了大半辈子的秘密，竟被人剥个裸而精光，啥都说明了，"火塘一号"再好有个屁用。老山有气，拳头握得紧紧的，只是不知向谁挥去。石现觉察老山不对，向一旁的姜婵递个眼色，两人一边一个，紧紧按住老山的手，将他死死扣在椅子上。

老山被钳住动弹不得，只听得呼呼出气声。不一会儿，按的人手上汗津津的,眼睁睁望着棍子飞舞,只盼那干事早点闭嘴。

那干事的手终于停下来,棍子规规矩矩躺在桌上,可干事的嘴没停下来,语气轻缓许多。可这轻缓却差点要了老山的命。干事说,随着形势变化和技术进步,未来战争形态已有根本转变,过去的建设和与之配套的"火塘一号",业已完成它的历史使命……

石现突然感觉,老山攥紧的拳头一下软了,再看面容,涨成关公,顿时吓住了,姜婶失声喊出来,老山!老山!你咋啦?

八　冤家聚头

姜婶话完，还笑着逼一句，你说，你还对我家做了啥事？老山仍是嘿嘿，就这两件，若有我早就说了。

石老山醒来已是下午，医生说，一时气急攻心，休息休息就好了。不知谁传的消息，凡是石家梁村在县城的人都来了，房间里站不下，楼道里挤满了人。院长找了姜婶几次，要求分批次来，不然，只有把他转入重症监护室隔离起来。姜婶不愿听重症监护室几个字，那可是通阎王殿的过道，只得亲自去劝说，留下几个发小聊聊，其他人请回。那帮跟着长辈来的后人们听说回家，巴想不得，一哄而散。

当年几个穿开裆裤的娃娃中，石现算年龄最大的，最早上了朝鲜前线。之后,陆陆续续有人经石老书记举荐出去吃公家饭,余下在山上的,也在这些年下山进了城。单在县城的,前后加上也有三四十家。年轻人散去后,几个花白老头老耄聚拢来,把医院要清静的规矩忘得无影。自个耳背,生怕别人听不清,攒劲发奋地说,震得门窗嗡嗡发喘。

在火塘山小名叫大牛小牛的是兄弟俩,有四十年没回去过了。说起小时候的事,大牛才昂第一声,把护士招来了,竖起食指嘘了一声,老人们的声音瞬时嘘细了一大节。大牛压着声音说,山娃子(石老山小名),我们那群娃中,就数你胆大,賨王洞里到处是死人骨头,就你才敢去。小时候爱唱:天不怕,地不怕,死人脑壳摸一下,说的就是你。小牛撇撇嘴儿,那算啥?那年过年,他把姜家的撵山狗偷回家杀了过年。姜婶早听石老山说过,那年过年没吃的,想去云门口找点食物,遇上一群狗追着咬,他索性就将带头的大黄狗弄回家吃了,哪知是姜家的。姜婶笑了,早知是个偷狗的,说啥也不嫁给他。石现打趣,现在看来不算偷,女婿吃老岳父家的狗肉,天经地义。没让他们煮熟放佐料就算便宜了。

哈哈哈,一阵笑声引得护士又来嘘一阵。

石老山本无大病,现在听发小揭短,也禁不住笑了,哪是胆大,饿急了,要活命啥都不顾了。姜婶瞪了他一眼,我看你就是坏，你偷狗算饿急了，你把一窝要出壳的小蛇撂在我爹妈床上，那也是饿了？啊！发小们吃了一惊，你连这事都说了？老山嘿嘿一笑，到年关了，闻到你们家肉香，我家年夜饭在哪都不晓得，一时气不过，用乱草裹上照窗口扔进去，哪晓得端端扔在床上。姜婶听到这狠狠地戳了老山一指头，你晓不晓得，后来大蛇寻来了，在床上盘护着小蛇不走，差点把我妈吓死了。话完，还笑着逼一句，你说，你还对我家做了啥事？老山仍是嘿嘿，就这两件，若有我早就说了。

　　石承不知啥时候进来，听起热闹，插问，老山叔，你不怕蛇咬你呀？几位前辈老人争着替老山回道，他有药，咬了没事。老山叹口气，有啥药？有位草药先生是教会我几味草药，嚼烂了敷伤口上能管一点事，主要的还是会防，有毒无毒要分清。那次扔她们家的就是菜花蛇，没毒的。石承仍问，你被咬过吗？我挨咬的次数比他们都多，特别是小时候，饿慌了，见了蛇就想吃。有一次被咬了，昏睡了好几天才醒来。后来咬多了，也就肿一肿，没事了。石承家开餐厅，听说了感到眼红，你那不天天喝蛇汤，吃野味。石现瞥了儿子一眼，你以为是进餐厅，难吃得很！半生不熟，无盐无味，一口咬下去，满嘴是血，长年累月一口血腥臭。

　　老山见石承被训，忙圆场，你上几次来吃起香，那是你姜婶的手艺好。翠婶给儿子介绍，你姜婶的厨艺是石家梁村出了名的。鹰嘴岩小名叫枫娃的老爷子接话了，你姜婶不仅菜弄得好，人也长得好，要不是你老山叔立了功，抢先娶了她，说不定就成你妈了。姜婶眼一睖，脸上晚霞微露，尽瞎说。云门口有个小名叫碾子的老头马上证明，你爹想过你姜婶，可那也只是空想，即使你老山叔不抢先，你爹也娶不成。石承拿眼神问父母。翠婶虽是山下的人，毕竟离不远，晓得其中究竟。扯了扯儿子，你姜婶年轻时漂亮，全县都晓得姜总管的大千金是个美女，魏半城指名要娶回家做儿媳妇，差点就到台湾当太太去了。姜婶脸上没了笑容，眼里些许酸楚流出，忙转身提暖水瓶给大家续水。石现责怪老伴嘴儿讨嫌，尽提些不开心的事。石老山说，都这把年纪了，早想开了。姜婶也淡淡一笑，没事，提提也凑个乐。

叫碾子的老头生怕漏了自己，好容易找到了话题，要说正正经经提亲的还是我们家，不信问姜妹子，姜家老人是答应了的。哪知后来土匪借口姜家不去台湾是通共，给灭了门。你姜婶为报仇，把自己给赌出去了，让你老山叔给捡个便宜。

这是石老山平生最得意的事，病床上仍忘不了炫耀两句，翠嫂子，你真该谢谢我，若不是我手快把她娶走，石现就轮不到你了。笑声中，姜婶说实话，我那时也傻到家了，把自己许出去，只图报仇快些。哪晓得……欲言又止。碾子一下捅开，姜嫂子那时想的是石现大哥，心想石老爷子手上有人有枪，剿匪报仇肯定是老爷子手下的人，到时候，谁也不会来争功，既报了仇，又了了自己心愿。哪晓得石老山抢先下了手，还抓住就是不让，是不是？在大家哄笑中，姜婶摇摇头，不全是。石老山笑笑，我才晓得，是没想到石老爷子会嫌弃她出身不好。大伙跟着起哄，真的是，就是石现大哥抓住了罗二老剪，自己哪怕想得口水流，也只有看的份！

　　翠婶在一旁跟着打趣，若不是老爷子拦住，你真娶了姜妹子，恐怕今天还在火塘山钻老林子。姜婶面似平淡，岁月在皱纹里潜伏，滋生出感慨露出来，幸好还有个石老山不嫌弃，不然，我还差点嫁不出去。只是把老山害了，一辈子窝在山上啃苞谷棒棒。后不后悔？含嗔用肘拐了拐丈夫。

　　石老山急了，你这是倒说顺想，明明是我拖累了你。要不是我，你早就进城享福啰。众人看他们抢着说亏欠对方，像是争啥好东西，舍不得对方占了去，于是齐声起哄，哟哟，山上没恩爱够，到医院来表演了。

　　大牛看看外面日头，掏出手机慌忙说，你俩慢慢秀恩爱，我要去接小孙孙了。这话如同打了一声嘟哨，众人一下想到该散了，从喉咙里掏出理由，有人要回去吃药，有人要赴饭局，有人要去协会。石现起身挽留大家,说石承已安排好在餐厅吃饭,全是山货,老口味,在座的一个不能少。结果东拉西扯,一个也没留住。石现对石老山说,城里人把吃的看淡了,生怕吃出病来。他们不去我们去。你收拾好在下面等着,我去办出院手续。

石老山跟着起身下了住院大楼,由姜婶陪着在院子里走走。突然一个老头过来拦住去路,笑嘻嘻看着石老山。石老山一愣,瞬时醒悟过来,滑猴!一把抱住,又推开瞧瞧,又一把紧紧抱住。石老山说,我刚才还在想,咋没看见你?还以为你去市里儿子家了。滑猴听说儿子,打了个寒噤,勉强笑着说,我来了好久,他们在里面,我不好进来。石老山突然记起,先前听人说他儿子进去了,豁达地把手一挥,乡里乡亲见个面,有啥抹不开的?谁没个三灾八难的,笑不了人。滑猴拉住老山,朝姜婶招招手,走!到我家坐坐。

出租车东拐西拐,老山将要转晕时,滑猴说到了。一排洋房前,硕大一个门,当中一道红色栏杆。滑猴探出头给个全脸,栏杆缓缓升起,车在一片林子中行进。林子小巧,但比山上老林子还茂盛,遮天避日,林间流水汩汩,有小桥,凉亭,花架。车在一排小楼前停下,一头狮子样卷毛的黑狗,低吼着朝前扑来,无奈身后一条铁链死死系住。滑猴叫声"黑狮",

刚才还威风八面的黑狮子，顿时温顺如羊，一团黑毛在屁股后面摇出一团花来，绷直的铁链，一下松软在地，拖得哗哗作响。

进得门，一位中年女子过来，递给老山夫妇一人一团蓝色胶袋。两人不知用意，木头样呆住，不敢往地板上落脚。滑猴瞥了女子一眼，自己从壁柜里取出拖鞋，叫两人换上，安顿在客厅沙发上落座。

老山看出那女子是请来的佣人，山上旧时称作干大嫂。女子也从滑猴的眼神中看出了两人的尊贵，赶快把他们从乡下人的行列挑出，茶水、糖果挨着上来。滑猴从里面拿出一个铁盒，老山以为是糖果，打开一看，竟是纸烟，上面写满洋文，一人一支敬上。老山没舍得点上，把铁盒翻来覆去把玩，暗想用这么精巧的玩意装烟，是不是太可惜了？姜婶吸了一口，一股莫名的香气沁入心脾，连声赞道，好烟！滑猴说，娃儿从国外带回来的，你们说好，等会带走，我是戒烟几年了。

转身入内室，少时，把爱人扶出来，如同风干了的腊货，脸上皱巴巴一张皮，面色蜡黄，眼珠嵌在两个窟洞里。滑猴对老伴说，石老山两口子专门来看你。病人嘴皮咧咧，勉强看得出点笑来，算是应答。姜婶忙起身扶住，在沙发上挨着坐下，惊问到，幺妹子，几年不见，咋瘦成这个样子了？滑猴长叹一声,唉!本来身子不硬朗,再为那不争气的儿子怄成这样。听滑猴说来,儿子是在副市长位上跌下来的,别人出事后把他给供出来了,还在落实问题。老伴就为这事,病情一下加重,这才出院回来。

那年修"火塘一号",石老山出了名,县武装部长看他为人实诚,同石老书记商量,要把老山调进城去守武器库。老山回来同姜婶说起,姜婶稍稍迟疑,眼睛里露出些许犹豫,你那三十来块钱,只够买二十来斤粮食,还不如一家人在一起开点荒,打点野物来得实在。老山说,武装部长说了,享受军人待遇,每月供应45斤大米。守库房一个人单独开伙,可节省一些回来。姜婶泪汪汪的,你愿去就去嘛,只是不要自个吃饱了,就忘了山上的婆娘娃儿。看见婆娘流泪,石老山心先软了,再细细合算,自个在山上,虽说吃得粗糙一点,好歹一家人饿不着。自己走了,就算每月拿二十斤大米回家,自己吃不饱不说,一家人也得挨饿。一咬牙,不打算去了。

滑猴是个孤儿,那时过得比老山还窝囊,一个人住在生产队空保管室里,上顿下顿一碗玉米糊糊喝着。老山拉着他一起到石书记那儿,把差事给了他。滑猴由此才有后来农转非,工转干,娶妻生子。滑猴时常对人讲,若不是石老山搭救他,他还不知在哪里生根?听说石老山进城开会,又听说住院了,早早就去医院探望。只因儿子的事发了，怕看人白眼，远远躲在外面候着。

接下来，叙旧感恩之外，还想请老山夫妇帮着开导开导老伴。

老山自个正憋着一肚子气，咋有心思替人疏导。好在有个现成的话在嘴边，常言说城里有城里的好处，山上有山上的好处。你们若觉得城里不好见人，干脆把儿子的事丢一边，和我们一起回火塘山，房子是现成的，吃喝不愁，无忧无虑赛过神仙。姜婶也在一旁劝说，山上空气好，水也好，对你养病最适合。

滑猴转脸询问老伴，就在山上过年行不？你看老山两口子，身板硬得跟铁打的，棒棒都捶不倒。老伴一丝苦笑，摇摇头，要回山上你回去，我咋行？三天两头要打针，透析，离医院远了不行。

从滑猴家出来已是很晚，一路上，姜婶问老山，你啥时候学会了说假话？自个都要搬下山过年了，还请别人上山。老山口气强硬起来，谁答应下山了？你没看见，这城里人一个二个过的啥日子？张口闭口都是药，浑身一股药味熏眼睛。要是我，一天都难熬下去。

九　实话

　　我一辈子不会说假话，就是过去土匪拿枪对准我，我也是宁愿不说，决不说假话。

　　再在城里多待一刻，石老山也熬不住。没法，石承只好第二天开车送他们回山，正好父母也要去石家梁村搬家回城。一路上，没一个人言语，石承小心地驾驶，生怕一脚油门下重了，弄出了声响招来父亲斥骂。石现一直闭着眼，不忍看窗外熟悉的草木山川。与之相反，见着家乡的一草一木，石老山眼睛放光，精神亢奋，真是分开一日，如隔三秋。老山生来话不多，见石现情绪低落，更不敢惊扰，只管偏头看扑面而来的山青草绿，心里说不出的舒畅快活。

两个老兄弟昨晚没睡好，石老山从滑猴那里回到石现家时，老哥哥已醉在床上扯长鼾。翠婶坐在床沿上生闷气。石老山叫老伴去打听，才知是石家梁村没了。上面刚批下来，县内行政区划作了调整，石家梁村因人口太少，并入了邻近的大田村。当然，石家梁村党支部也没了。老部下看到通知专门给石现通了气，等两天就要去宣布。一直担心的事终于来了，石现像被人劈头一棒，晕乎乎的乱了神，自个喝了一顿闷酒，早早睡下。

若是早几天，石老山也会为这事着急，昨天会上听那干事细说了"火塘一号"，自己珍惜几十年的心肝宝贝，被当玩意儿洗刷了，一时急出毛病来住院。一觉醒来，恍如隔世。山里山外，各是一番天地。县城还在那里，模样变了，变得让人炫晕。乡邻还是那些乡邻，一个个精明得可怕。会上那小干事的普通话算是听明白了，敌人不来了，阵地再好也没用。可江山呢？党员呢？自打老书记离世后，石老山发觉世道人心慢慢变了。过去是穷人吃野菜，一年四季苦蒿尖，吃得人发吐。现在一盘苦蒿尖要三十多块钱。过去心发慌时，巴不得有点肥肉润润心，现在吃肥肉据说是害人家得心脏病。过去医生看病脖子上挂听诊器，桌上有血压计，体温计。这次住院这三大件连影子也没见着。医生像是算命的，听了病人几句就啥都晓得了。

在滑猴家里还上了一洋当,端端正正坐在洋马桶上面,周身不自在,下面还时不时来点热水,半天没屙出来。也是好奇,埋头看水从哪来的,结果被冲了满脸水直流。

老山正神游,石现开口说话了,老山,你得给我说实话,你咋晓得石家梁村支部管不了几年?石老山乍一听,你这不是笑话人吗?我有那本事,早进城当镇书记,区书记去了。石现不信,石老山,你没说实话,当年老爷子让你当支书,你要死要活说不敢,火塘山谁不晓得你石老山从小天不怕地不怕,这世上还有啥事你不敢的?姜婶帮丈夫解脱,石现大哥,你呀还别高看他,他就那点出息。听老书记说要他先当副书记干干,他回来三天三夜没睡觉,好好一个大男子耍赖,蹲在火塘边上不出门。还是我去找老书记说情,真怕把他逼得哪样,我娘仨个咋活?老爷子气得把茶杯都摔了,没见过这样窝囊的人,若是在战场,早就一枪毙了。

石现不解,不就当个村支书嘛,你又怕哪三样?石老山憨态十足,不怕你见笑,我怕的还不只三样。说到紧要关头,石老山忘了车在行驶,伸出手来扳指头,车一歪,头磕在前面背靠上。顾不得揉,指头扳得紧紧的,生怕抖散了,这头一样,我怕招待客人。镇上来的干部到了火塘山,这没说的,有婆娘做饭吃,可到了别处,我到哪去给他们弄饭吃?云门口有馆子，可那要钱呢！支书一个月总共那点补贴，吃不了几顿。镇上的人有事无事要下乡，吃得不好，客人不说自己都过意不去。不信你去问问，哪个村支书屁股后头不是一坨债。石现这些年深有感触，微微点头认是。石承不知情，父亲在眼前不好比，拿爷爷说事，老爷子那些年是咋过来的？提到老书记，石老山叫唤起来，我咋能与老书记比！他每个月国家给津贴，牌子又硬，镇上的人听他的，随便哪家，添双筷子就过一顿，我行吗？桌上少了酒，风凉话都会呛死你。

石现点头认可，还有呢？石老山扳下第二个指头，我说不来假话。过去干部下乡，直接到农户家里，农民实话实说。可后来，干部听不进实话了，要村上的人按他们的口味瞎编乱造。我一辈子不会说假话，就是过去土匪拿枪对准我，我也是宁愿不说，也不说假话。可现在不说假话，镇上通不过。秋天报产量，要高冒一大截，还要你签字盖章。过了年要救济，又要你上报大雪冻坏了洋芋好多万斤，又要你签字盖章。弄得天天晚上睡不踏实，生怕农民晓得了戳着脊梁骨骂娘。

说到这，老山偷偷看了看石现，见他专心在听，再扳下第三根指头，我是个出了名的憨子娃娃，头一桩计划生育我就转不过弯。我自己就一连生了三个，难产死了一个，儿子都快上大学了，回来死在一个小病上。那些年，别说去做人家的工作，我自己都还想再要一个。婆娘每做一次补救手术，我就骂一回老书记，你说我这觉悟去当支书，计划生育肯定完不成，当上去还得撤下来。

没等石现问下一句，石老山突然吼叫起来，到了！到了！外面是一个岔路口，一边是穿遂洞去市里，一边拐向石家梁，中间隐隐约约一条古驿道。石承将车停下来说，老山叔，你不去我们那里坐坐？石老山没顾上答话，推开车门跳下去，急着到车后面取东西。石现提高声音说，急啥？今晚就住我那里，咱哥俩喝个高兴。石老山背着东西走过来说，我们就不去了，这鬼天气怕是要下雪，别一觉醒来雪封了山，到时我回不了山，你也回不了城。翠婶说，那正好，我们一起过年。姜婶将东西背好，过来说，屋里还有两条狗，一群猪等着的，再不回去，火塘灭了不吉利。

眼看着两位老人上了小路，翠婶忽然下车喊姜婶等下，急忙几步赶上去，拉过姜婶的手，塞进一串钥匙，老头子说了，家什电器都给你们留着，虽说也是山上，到底离镇上近些，通公路电话方便。无论住哪，自己得有个主见，别只听他的。

石现石承也下了车，直到石老山夫妇上了驿道，背影被山林遮住，石现才让石承长鸣一声喇叭离去。

十　大雪掩不住

老山叔有次还专门问啥叫幸福？我随口说了几样，长寿，自己满足，有稳定的收入来源，家庭邻里和睦，安全。他说，我都占齐了。

大雪预报是头天发出的，第二天傍晚雪花才与人见面。到了快要下的时候，何书记突然想起麻烦来了，倘若大雪封了山，进不去出不来，石老山的房子修好无人住，扶贫验收咋过关？石承被紧急召来，要他抢在封山前把人接出来。石承看看天色，已渐渐暗下来，稀稀落落飘舞雪花。历来山上比坝里雪下得大，下得早，不免担心起老山叔走到哪儿了？按时间算，应该在鹰嘴岩了。真封了山，那就要在山上待一冬。石承对镇上几个头头说,我马上赶过去可以,若老山叔没想通,打死不愿下来,我去了也没法。

老山夫妇正在鹰嘴岩,雪花越下越密,路上已开始积雪。石老山怨老伴,你也是,去接人家房门钥匙干啥?姜婶慢吞吞的,人家是好意,住那儿,真有个急事,打电话叫医生方便。何况人家又没逼你非去不可。可老山还是那个老话,不是迷信,人活多久,在娘肚子里就定了的,得啥病,在哪死,不会有半点差错。你看看那帮进了城的,一个二个病恹恹的,走路快了都不行,攒点钱尽丢在药罐里了。姜婶点头叹息,可惜滑猴那婆娘,能不能活到过年都难说。

何书记不相信石老山还那么固执,武装部会上说得再清楚不过了,他那"火塘一号"早过时了,国家的大工程都闲在那,他不是没看见。石承摇头,那件事可以说放下去了,也可以说还悬起的。在场的人眼盯着石承,不可能的事,你别是自己不愿上山去,编个故事来推脱。石承拍拍胸脯,我是那种人吗?那天在医院里听老山叔亲口说过,那么好的"火塘一号",当年不知花了好多的心血搞起来的,现在说不要就不要。这城里人也太会变卦了,现在叫我进城,说不定哪天也来个说不要就不要。

姜婶问石老山，你不下山咋个对镇上的头头说，镇上可是啥都给我们准备好了的。老山打个抿笑，他们的话，你也相信，上边压力大，他们为了完成任务，啥话都可以说。我就不信世上有不想清静的官员，弄一大堆七老八十的老汉老婆婆在身边添麻烦。刚开始一阵子可以，时间长了，真有事找他们时，连个人影子都见不着。姜婶想来也是这个理，日子长了，自己的亲爹亲娘也保不定要受气。

范镇长眼睛鼓起，石老山到底想干啥？若不是扶贫验收认真，没人愿跟自己过不去，找个麻烦拴在身上。我看啦，是这次考察会开拐了，他别是惦记着赔偿，迟迟不肯下山，就是要个好价钱。何书记想想不对，即使赔偿，也就是修房子安置，跟现在搬迁差不了多少。石承了解老山叔，一辈子跟钱打交道少，爱不起来，也恨不起来，说他想敲政府竹杠，那诚心是糟蹋人。

石老山夫妇过偏岩子时，还去看了看那群猪娃，大猪带着去了远处，窝里蜷缩着一只幼崽。姜婶放下背篼，用手试试，还有微热，点上一堆火烘烘。小猪缓过气来，战战兢兢立起，尽力往人面前拱，依偎着翠婶的裤脚又倒下了。石老山用热水冲了点奶粉兑上，背篼里找出来一个旧的奶瓶，装上给猪崽喂。看着猪崽吸得叭叭响，姜婶心里踏实了一些。待猪崽喝足，用一团干草裹在它身上，小心放进背兜里，上面再放些干草捂好，两人又才上路。姜婶说，我看以后搞开发了，这些猪崽只有进老林子听天由命了。石老山不满意，谁说一定要搞开发？定下来还早着呢？姜婶记起一件事，我听有个教授说，若是开发的话，人家要赔我们好多钱呢！老山跺跺脚上的雪，你就记着钱。钱给你做啥？还不是建房子。想进城，现成的房子新建的，你去就是了，望那赔偿款拴命呀？

何书记问石承，这不是那不是，你说，老人到底为啥不愿下山？石承说，我也拿不准，他们那代人呀，是苦水泡大的，能吃饱穿暖，就幸福满满的，对政府感激不尽，总想做点事来报答。当年爷爷和父亲回去，都是带着还债的心情，欠了大山的，要去尽力补偿。我猜老山叔也是这样，切忌把他往私心上想。实话说吧，父亲已经将老家那套房子留给了他们，连水电费都预存了，钥匙还是硬塞给姜婶的，还不知他们愿不愿去？范镇长更是想不透，就照你说的，他们留下来能报答什么？还守"火塘一号"?

姜婶认为老伴的话是撵她下山,你以为我想进城去?我是为你着想。别看你现在还能蹦跳几下,总会有动不了的时候,我得找个人打帮手。若我死在前面,你说话都找不到人。石老山苦笑,想那么远干啥?到哪面山坡唱哪支歌。你真走了,我陪你去。我走前面,你去石花那里,再有两年,你该当曾祖母了。

石承瞅瞅窗外雪花越来越大,越来越密,思绪一下凝成一块,对何书记说,从老山叔进医院我就在想,我们硬性要他们下山是不是急了点?脱贫是有个期限,可僵起也不是办法,我们能不能换个方法,不同老人拧着来。两位领导盯着他,这都啥时候了,你能想出个啥好主意,能在两个月内帮他脱贫?为他两人修条路,再花一大笔款架高压线?你干脆说不管他们就是了,别说上面处分你,石家梁村的乡亲都会骂你这个不忠不孝的东西。石承没辩解,兀自说自个的,拿我父亲来说吧,听说石家梁村撤了,一夜之间老了许多,血压血糖都升高了,这回城就得去住院。我总觉得我们与老人没想到一起,他们要什么?我们没想到。

说到女儿，两位老人都笑呵呵的，老山从怀里摸出照片，停下脚步端详好一阵子，姜婶接过去，抖落上面的雪花，亲亲地叫声，石花，我们这儿下雪啦！老山指指天空，但愿别下大了，封了山他们过年又回不来了。姜婶劝老伴，说了好多年了，去女儿那里看看，始终没走成。老山笑呵呵说，不消看，他们大城市，肯定比县城还建得好，小日子过得比我们舒服，别瞎操心。姜婶埋怨老伴自私，你没问问石花，我们在山上他们着不着急？说了多少年，接你出去住，你就舍不得这火塘山。若是在山下，随便哪里，只要有手机，随时可以说话。石承说还可以看见人。就你㑩。

　　范镇长有点不满石承说半句，留半句，你自己的父亲，他咋想？你一句话就问明白了，还用得着你几天几夜总是想？石承坦然认同，不怕你见笑，我与父亲，感情上没说的，多年父子成兄弟。但要说到观念，我无法接受他那套，他对我也是常常看不顺眼。至于老山叔的想法，更是隔着几座山，从来是说话客气，心里憋气。我们认为他山上的日子清苦，他却感觉是从未有过的神仙日子。老山叔有次还专门问我啥叫幸福？我随口说了几样，长寿，自己满足，有稳定的收入来源，家庭邻里和睦，安全。他说，我都占齐了。

　　看得见火塘山寨门了，两条大狗拖儿带女一大路，大呼小叫下来，围着两位老人争宠撒娇。老山假装生气，拔开凑上来哈着热气的臭嘴，去去！把你那婆娘娃儿带远点。再缠着，我一点也不给你吃。狗嘴移开了，仍是前呼后拥的。听老伴说婆娘娃儿，姜婶扑哧一声，我看你不想下山，怕也是舍不得这些婆娘娃儿。老山呵呵一笑，你还不是一样。我呢，别人眼里就是一个苦命，啥苦没吃过？可我知足。别说火塘山，就整个石家梁村，以前死了的，谁也没我活的岁数大。现在活着的一帮老人，别看他们在城里，谁也没我身子健壮。他们享那些福分，我随时可以享受。可我现在能吃能喝，能走能跑，他们只有下辈子才会遇得到啰。

　　镇办公室主任过来了，说上面来通知，为迎接省上脱贫验收，市上组织预查，在县上抽签抽到我们镇。明天就来镇上，不听汇报，直接要同搬迁户个个见面，他们说好才算好。几个人一下傻了，搬迁户就差石老山了。这石老山到哪儿去找？找着了他又会说出啥来？范镇长怨县上事先不早点通知，这人回山上了，神仙也没法。能不能少一个？主任传达上面的要求，这是给老百姓结清旧账，一个不能少。何书记眼巴巴望着漫天飞舞的雪花，只望有个神仙来念个咒语。石承万般无奈，打电话问老头子，有啥办法或有啥关系救救急？

　　后来全靠老天帮了大忙，到半夜雪停了，山路隐约可见，检查组由石承带路，直接去了火塘山。

图书在版编目（CIP）数据

山盟/李明春著.-上海：上海文艺出版社.2018.7
ISBN 978-7-5321-6643-5
Ⅰ.①山… Ⅱ.①李… Ⅲ.①长篇小说－中国－当代
Ⅳ.①I247.5
中国版本图书馆CIP数据核字(2018)第102193号

发 行 人：陈　征
责任编辑：乔　亮
封面设计：丁旭东

书　　名：	山　盟
作　　者：	李明春
出　　版：	上海世纪出版集团　上海文艺出版社
地　　址：	上海绍兴路7号　200020
发　　行：	上海文艺出版社发行中心发行
	上海市绍兴路50号　200020　www.ewen.co
印　　刷：	上海华教印务有限公司
开　　本：	890×1240　1/32
印　　张：	8.125
插　　页：	2
字　　数：	141,000
印　　次：	2018年7月第1版　2018年7月第1次印刷
ＩＳＢＮ：	978-7-5321-6643-5/I・5292
定　　价：	39.00元

告 读 者：如发现本书有质量问题请与印刷厂质量科联系　T: 021-66243241